公元787年，唐封疆大吏马总集集诸子精华，编著成《意林》一书6卷，流传至今

意林：始于公元787年，距今1200余年

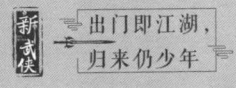

出门即江湖，归来仍少年

意林
新武侠

江湖一两之逐星记

一两 作品

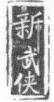

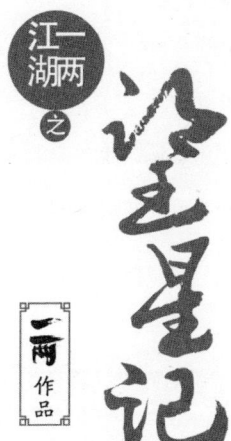

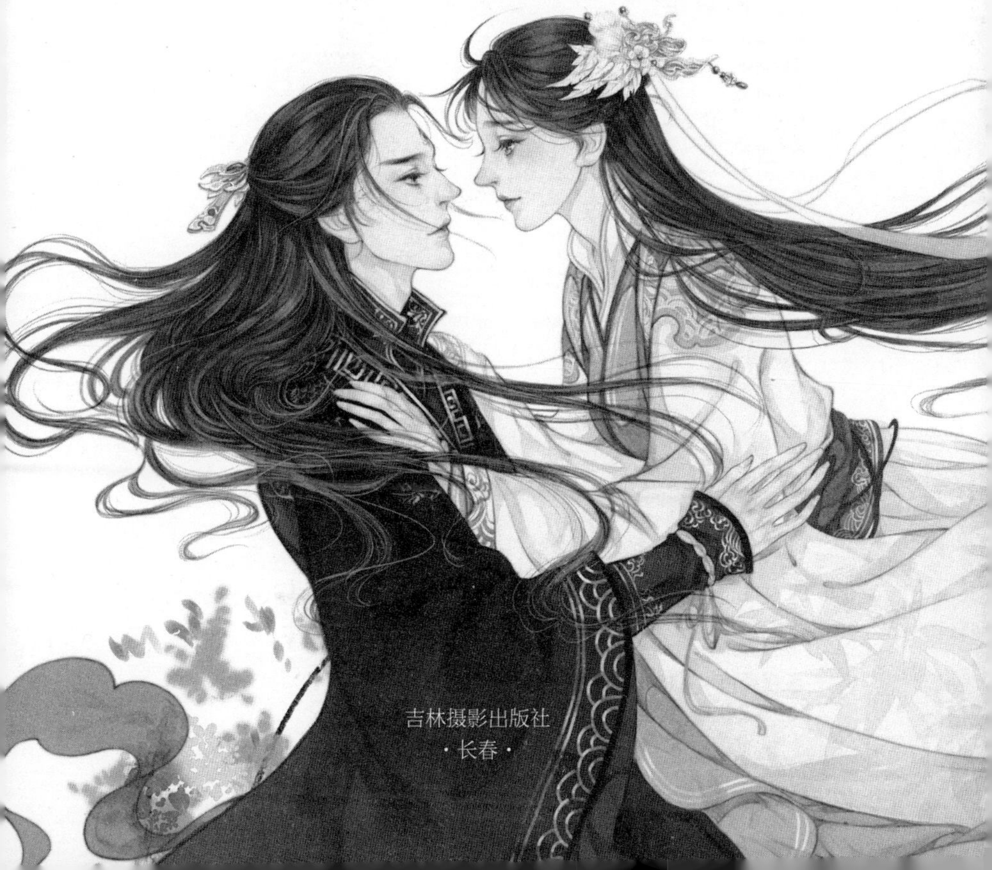

吉林摄影出版社
·长春·

图书在版编目（CIP）数据

一两江湖之望星记 / 一两著. -- 长春：吉林摄影出版社，2017.12
（一两江湖）
ISBN 978-7-5498-3425-9

Ⅰ.①一… Ⅱ.①一… Ⅲ.①长篇小说-中国-当代 Ⅳ.①I247.5

中国版本图书馆CIP数据核字(2017)第303862号

望星记
WANG XING JI

著　者	一　两
项目出品	意林新武侠
出版人	孙洪军
主　编	顾　平　杜普洲
责任编辑	施　岚　孙　瑜
总策划	蔡　燕
丛书统筹	黄　磊
策划编辑	黄　磊
特约编辑	廉荣臻
设计总监	资　源
封面设计	资　源
美术编辑	孔凡雷
开　本	880mm×1230mm 1/32
字　数	200千字
印　张	7.5
版　次	2017年12月第1版
印　次	2017年12月第1次印刷

出　版	吉林摄影出版社
发　行	吉林摄影出版社
地　址	长春市泰来街1825号
	邮　编　130062
电　话	总编办　0431-86012616
	发行科　0431-86012602
网　址	www.jlsycbs.net
经　销	全国各地新华书店
印　刷	天津泰宇印务有限公司

书　号　ISBN 978-7-5498-3425-9　　　　定　价：29.80元

版权所有　翻印必究

如发现印装质量问题，请与承印厂联系退换

序

十年后，那个更好的自己

一

2007，2017。

十年。

在这十年里，你做了些什么呢？

我猜，你上了一些课，考了一些试，认识了一些有趣的人，去过一些好玩的地方，吃过一些好吃的东西，听过一些好听的情话……2007你还小，2017你已经长大；2007你还年轻，2017你已经变得成熟。

十年啊，这么快，又这么长。

我在2007的时候，在网络上传了我的最新系列——一两江湖。当时只当是编辑分派的额外任务，一面懒洋洋上传，一面嘀咕明明只有埋头码字才是正事。

那时候的我，完全没有想到十年后还有很多人因为这个故事陪在我身边，在我每一次打滚求抱求安慰的时候，都在。

从不离开。从不拒绝。

日复一日，年复一年，花开花落，花落花开，一直到了2017。

2017的春天里，黄磊告诉我，他要重做"一两江湖"系列。

对，他说的是"要"。帅爆了是不是？

于是，"一两江湖"系列重做了，你看到了这本书。

二

用自己的名字来命名这套书，大概是我做过的最任性又最正确的事情。

"一两江湖"系列这名字超赞的是不是？（说"是"。快。）

就像我已经想不起来"一两"这个名字的来历一样，我也不记得当时为什么要取这个系列名了……做设定的时候，就是想写一个没有刀光剑影，专职谈恋爱的江湖。

小时候看古龙的武侠小说，江湖恩怨全当浮云，最动心处莫过于男女主角谈情说爱，最闷心者莫过于男主角和好几个女主角谈情说爱，合上书常常感到意犹未尽——这大概就是我会拿起笔的原因。

"一两江湖"系列是我为自己织的梦。

梦里有我最爱的人物，最爱的风景，最爱的食物，最爱的情怀……所有我喜欢的，一股脑儿全塞进来，满满胀胀，满心欢喜。好爱它。

每个人心底都有这样的梦吧？

如果问我2007年以前最正确的人生决定，毫无疑问是写了"一两江湖"系列。

那么2017年的实体书出版显然是最幸运的人生礼物。满足地笑。

三

鲁迅先生说，写出来是为了忘却。

是的，在文末画上的最后一个句号，就是和书中人物说的一声"再见"。

现在，真的再见面了。哈哈。

《红线引》《绿离披》《菩萨蛮》《锦衣行》《染花身》《风荷曲》《发如雪》《琵琶误》《望星记》，包括一直想写而未写的《玉萝姬》……"一两江湖"的故人们，没想到，我们还有再见面的一天。

原版因为有字数限制，有些情节来不及展开，或者是以我当时的水平没有能力将其展开，在新版里都相应进行调整，补充原有的枝干，使其焕然一新，有了独特的光彩。你读它，无论是旧友还是新知，都会获得不一样的感受。

改稿是多么痛苦的事啊，可以排进人生苦恼的前三名！可是这一次，我拿起笔，不是和痛苦相遇，而是和过去的故事相遇，和过去的人物相遇，并最终，和过去的自己相遇。

隔着光阴的屏障，我在这端，她在那端。

相视，微笑。

有时候好想抽打她，"太烂了怎么能写成这样"，有时候又想抱住她，"呜呜呜，写得好好，你怎么做到的"……

时刻精神分裂，甚是销魂。

四

十年来我所干的事情，总结起来，就像是从花朵中提取香氛，制成香水。我搜罗所有能捕捉到的一切，柔和的风，清凉的雨，盛开的花，初升的月，牵手时彼此掌心的温度，相视时眼底的温柔……从里面汲取出一丝丝美好，提炼成文字，变成故事。

爱与生命的重量，这个主题我想我会永远写下去。

当你合上书，会想抱一抱身边的人，或者，找一个人好好抱抱，还或者，只是单纯觉得风很柔和天气很好——谢谢你，这就是我想要的全部了。

五

拿起这本书的你，是十年前的老朋友，还是十年后的新朋友？

如果你当年恰好读过，而今天又刚好拿起，那么，来抱一个吧！为十年前的相遇，也为此时此刻的重逢。

如果这是我们第一次相遇，那么，感谢你选择这本书，希望书中的爱与感动不会让你失望，能陪伴你度过一段悠闲的时光。

让我们从这里开始，一起走下去好吗？

走过下一个，更好的十年。

一起预约十年后，那个更好的自己。

十年后依然十八岁的一两

目录
CONTENTS

第一章 ☁ 扬风寨　　001

第二章 ☁ 问武院　　023

第三章 ☁ 星寮　　045

第四章 ☁ 观星　　069

第五章 ☁ 第一女官　　093

第六章 ☁ 醒梦　　117

目录
CONTENTS

第七章 命星 141

第八章 光阴教 165

第九章 困仙 193

尾声 209

番外 217

扬风寨

第一章

这世上有很多我想去做的事。

比如唐从容那般厉害的易容术，比如唐且芳那般厉害的毒功，比如央落雪那样的医术，比如楚疏言那样的阵法，比如百里无忧那样的美貌……好吧，我承认最后一个我是永远也做不到的。

父母给我的脸就是如此。虽然我对他们一无所知。

除此之外，我还想学阿蛮的厨艺，想像百里无双那样，在身上练出无形剑气，眉心有一道红芒，看起来非常飘逸。

再不然，跟花千初学做衣服也好。

世上有这么多有趣的事，为什么我偏偏要在这里？

我一点儿也不喜欢剑。

这个男人，偏偏硬要把剑往我手里塞："握着它，你会有感觉。"

我只好握住。

"静气。"

静气。

"凝神。"

凝神。

"眼睛闭上。"

好,闭上。

他的脸仍在眼前,面庞光洁,像瓷器一样在暮色里发出微矇的光,眸子冷厉,像昨晚的那场雪。

"眼睛闭上。"

他重复了一遍,但声音没有起伏和不耐。他或许是个人偶,有某个厉害的法师在后面操纵着他。

唉,跟这样的人在一起,即使是对抗也是无趣的。我闭上眼睛。森然寒气忽然从面前掠过,本能地,我往后一仰。一缕头发从他的剑锋上滑落到地上。

"靳初楼!"不要以为打不过你我就不会生气,"你干什么?"

"不要躲,拿起剑。"这个人偶道,"我出五成力。"

什么?明明昨天还只是一成!

然而不容我开口,剑光已经逼了过来,我怎么可能是他的对手,狼狈地满地滚,衣服已经嗖嗖破了好几道口子,绝对见红了,疼痛难当。渐重的夜色里,他的眼神冰冷,手上剑招没有一丝留情,我把心一横,扑在地上。

"哧——"

剑尖在我的胸前停住,刺破了衣襟,冰冷的剑锋直抵皮肤。

我喘息,冷冷地看着他:"有本事杀了我。"

剑锋停顿了一眨眼的工夫,在我以为自己以毒攻毒的计策成功的时候,他的手轻轻一动。

剑锋刺进我胸膛。

剑锋冰冷,鲜血滚烫,痛到刻骨。

这样痛……这样痛！

醒来时是在我自己的屋子里，炭火烧得很足，很暖。夕儿正替我盖好被子，见我睁眼，道："我去叫夫子。"

"别——"

我伸手扯住她的衣袖，这样简单的动作让我的胸口撕裂了一样疼，再也说不出一个字。夕儿轻柔却不容置疑地把我的手拿开。我知道的，他的话对于夕儿来说，根本就是神谕。

"怎么样？"他进来第一句这样问。

"……还活着。"

"那一剑当然要不了你的命。"他道，"我问你昏过去时怎样？有想起来吗？"

我微笑，一字字道："我昏死过去时唯一的念头，就是做鬼也不会饶过你。"

这显然不是他期待的答案，他站起来，吩咐夕儿："照看好她。"

躺在床上半死不活的好处，是再也不会有人逼我练剑。

夕儿每天照顾我一日三餐，有时开解我："夫子是急了些，但，他等太久了。岑姑娘，你不要怪他。"

下一句，她一定会说："请你帮他。"

他险些杀了我，还让我帮他。这姑娘看起来清秀聪敏，怎么脑子里这样糊涂？我咬着筷子笑了笑："夕儿，你喜欢靳初楼吧？"

她那双握剑都不会颤的手，扶着托盘轻轻一抖，咳了一声："我景仰夫子。"

"那你喜欢他吗？"

"岑姑娘，菜快凉了。"

"应该是喜欢吧,"我凑近她一点儿,"是吧?你这是默认吧?"

"岑姑娘!"夕儿站了起来,我手忙脚乱地扶住托盘,免得饭菜倾到被上,她的脸色不太好看,"请自重。"

啊,果然不愧是靳初楼一手带出来的得意弟子,这种冷腔冷调都学得十分到位。

"好啦好啦,我不说,好夕儿,帮我倒杯茶。"

她站着,身体有些僵硬,一时不想原谅我的无礼。

"我吃好喝好,才能好起来。我好起来,你家夫子才能继续折腾我。是不是?"

提到靳初楼,她就会妥协,这简直是比吃粥就要拌辣椒末还要自然的事。

谁知我竟错了。靳初楼要折腾我,并没有等到我好起来。这天清晨,天边刚刚泛出鱼肚白,我的睡意涌来,把看了一晚的小说抄本塞到枕下,被子拉过头,正准备去见周公,蓦地喉咙一紧,一条软绵绵的鞭子勒住了它。

"喂……"

我吃力地只能发出这样一个字,血气逼到面颊,脸上肌肤像有针在扎,喉头火热,透不过气来。鞭子不肯放松,我的视线渐渐模糊。天光漫进屋子,靳初楼就在床边,眸子一如既往地不带任何感情。他本人就是一把剑,冷血,无情,锋利。

……如果就这样被你玩死,我下辈子也不会放过你,靳初楼!

我努力用眼神说明我最后的心愿,喉头一松,"哧溜"一下,鞭子收了回去。

空气进去,肺拼命膨胀,一下呛得我大咳特咳,像要把心肝都咳出来。每一下震动都牵动伤口，我流下泪来，不知是因为咳还是因为痛，或者两者兼有。

"告诉我，你看到了什么？"

声音也同它的主人一样，冷冰冰，毫无感情。

"看到一张……我最不想看到的脸。"这句话真说得辛苦，我的伤口一定裂开了。

他沉默了片刻。沉默的时候嘴角抿得很紧，这显示他是个不会轻易说真心话的人。却偏偏总要别人告诉他真心话："告诉我，你刚才看到了什么，想到了什么。岑未离，只要你告诉我答案，我不会为难你。"

"我什么都没有想起来……"我痛苦地伏在枕上，"如果你捡我回来只是为了折磨我，那么麻烦你把我扔回去。"

他轻轻伸手抚摸我的脖颈，那个地方一定被勒得发紫："岑未离，我想得到你的记忆。你不可能什么都不记得，或多或少，你的记忆里有我想要的东西。"

"麻烦你告诉我记忆到底是何物。"我说着，忽然正色道，"——拿剑来。"

他的眼中掠过一抹流光，那一瞬的靳初楼看起来真是俊秀不可方物，他把剑交到我手里。我握着剑，闭着眼睛沉吟半晌，然后，飞快地向他刺过去。

狭小空间里，他避无可避，说什么我也要捞回一点儿本。但他没有避，两根修长的手指搭住了剑，我的手再也不能往前半寸，受伤的身体已经达到极限，喷出一口血，我昏了过去。

从他手里解脱的唯一方法好像就是昏死过去。

只是醒来仍然要面对他的逼问。

"记得剑吗？"第一次醒来，就面对他这样的问题，"还有一间深长高大的屋子，烛光昏黄，一个女人坐在那儿哭，你，记得吗？"

当初的我眨了眨眼："这位大哥，你在讲鬼故事？"

他的眼神一下子冷下来。是的，最初的时候，我看到他的第一眼，他的眸子深处有一种热切的光。那一瞬间我曾经判定他是个温暖的人。当然，我为自己错误的判断付出了代价，现在我知道了，那种眼光只在我被他折腾得死去活来之后才会看到。

他狂热地、痴迷地想从我身上找到什么，可要命的是，我自己都不知道自己有什么。

我没有记忆。醒来就在这个名叫"扬风寨"的地方，他是我此生见到的第一个人、第一张脸，是我此生听到的第一个声音，当然也是我此生遭受的第一个磨难。

无计可施之际，我只有继续保持昏迷状态，夕儿觉得情况不妙，头一次在我未睁眼前就喊来了他。我的手被从暖被里拉出来，他的手指落在我的脉门上，半晌，他收回手："从现在起汤水都不用喂了。"

——被识破了。真不甘。我睁眼，刚好迎上他的视线，立刻申明："我伤得很重。"

"放心，不会送命。"

这个人，是没有感情，也没有人性的。我再一次肯定这一点，望定他，慢慢道："靳初楼。"

他上过一次当，并不轻易激动，只望定我。

"……我刚才好像做了个很奇怪的梦。"顿了顿，但他没反应，我只好自己继续，"梦见我在一座大房子里……穿来穿去，总

找不到出路……"

"还有呢?"

声音中有一丝很不容易为人察觉的紧绷,很不巧,我偏偏察觉了。揉揉太阳穴,我皱眉道:"我走了好久,终于找到一间大屋子,里面有人正在练剑……"我抬头看他,"我一直看不清那个人的脸,可是,我认得他的剑……靳初楼,他的剑跟你的一样。难道我以前真的认识你?"

他静静地瞧着我:"你真的在做梦。"声音如往常一样冷静和笃定,再没有令我窃喜的轻微颤音,我愕然,不知哪里露了馅。

"这把剑是百里送给我的。"他淡淡道,"它不可能出现在你过去的记忆里。"

"那怎么说得准?也许我以前就是见过。"

"岑未离,你还不明白吗?你从前生活的地方,跟这里不同。"他轻轻把我的袖子撸上去一点儿,露出腕上系着的一条细绳,上面挂着一块小小竹牌,用繁复的字体写着三个字:岑未离。

这是我醒来时唯一随身携带的东西,靳初楼告诉我,这是我的名字。于是我便当它是我的名字。反正只是个叫法,岑未离或者靳未离或者曲未离我都没意见。

"这种字体,没有任何人认得。"

"我就认得。"我脱口而出。

他无声地看了我一眼,手指从自己的领口钩出一样东西来,赫然是一块一模一样的小竹片,不同的是他上面的三个字是"靳初楼"。

我目瞪口呆了一下:"这就是你名字的由来?"忽然醒悟,"你也和我一样没有记忆?"

第一章 扬风寨

他的目光深沉，我没想到这是真的。"啊！甚好，如此你应该明白，这世上的一切对于我来说都是陌生的，我真的连半点儿记忆都没有。"

"因为我跟你有相同的经历，所以，岑未离，最好把你记得的说出来。"他的声音微微低沉，"那对我很重要。"

老天……谁来帮我告诉他我真的什么都不记得！

但是慢着，我说道："你撒谎！"

"嗯？"

"不要以为我真的什么都不知道，扬风寨是江湖第八大门派，你甚至是有资格上望舒山的十人之一，你真跟我一样是个成年婴儿，怎么能做得到？"

虽然"江湖""望舒山"到底是什么东西我还没来得及搞清，但以夕儿带着的骄傲的口吻，这不是一般人能做的事。

"做到这些，我花了七年时间。"

他说着，坐了下来，仿佛打算长谈的样子，我隐隐有种不祥的预感。

"七年来我全部的心力都放在这上面，然后在三个月前得到了阅微阁的请帖。"

哦，这个夕儿跟我说过，阅微阁是个十分有趣的组织，里面有个知书人，能知晓天下大大小小所有事，每三年举行一次知书大会，被请上山的十个人可以向知书人问三个问题或者提出一个要求。

听了之后，"哪天也参加知书大会"成为我的人生理想之一。

"你问了什么？"

我很好奇，不过其中一个问题用膝盖想也知道，那必定是："我的过去到底是什么样的？"

靳初楼没有说话，脸色变得有点儿奇怪。

总的来说，他是那种房子塌了眉头也不会皱一下的人，无论大喜大悲，脸上的表情都没什么变化。我从未见他笑过，当然更没有见他哭过。读取他情绪的途径，是他的眼神和脸色。

这是我在这里练出的最宝贵的技能。扬风寨里许多人都羡慕我能从一些细微的地方察觉他们大寨主的情绪，每每有事发生后，许多人都会来问我："你看大寨主高不高兴？有没有事？"

我一点儿也不高兴得到这样的重用，随便答："等一下看他有没有叫你们绕练功场跑一百圈就知道了。"

相信我，最了解猫的情绪的，永远是老鼠。

所以，当靳初楼的脸色一变，刚才的不祥预感瞬间加深，我忍不住往被子里缩了缩。

"我正要问出我的问题，却突然失去意识，醒来的时候，发现自己躺在山下，而你睡在我旁边。"

我不知道自己有这份来历，我只知道自己是被他捡到这里，睡到这个月才醒。

寒气从头顶直接灌到脚心。

他不会放过我的。

再没有哪一刻有这样清晰深刻的认知。

他花了七年心血才得到的机会，居然因为我而泡了汤，要等下次机会，已经是三年以后。以他这种人，怎么会白白放过我？别说是要我的记忆，就算是要我的命他也干得出来。

此时此刻，我唯有肃然道："靳初楼，我知道了。"

"我俩原本是天上修行的神仙，不知为何犯了天条，被打落凡间。你先走一步，是以比我早了七年，但冥冥之中，自有天意，我俩还是相遇了。"我不由得轻声一叹,"初楼,这么多年难为你等我。"

他没什么表情,好像连眼睛也没有眨一下。没有人捧场,我的戏也很难演下去,咳了一声:"时候不早了,我要睡了,大寨主。"

其实应该叫"大债主"。

"现在是上午。"

"平常这时我香梦正酣咧。"翻了个身,我悄悄窃喜,那个充满危险的话题总算混过去了。我的作息从醒来那天开始就是这副模样,他虽然看不惯,也没有多作计较。伤口虽然还在疼,但在周公面前,伤口算什么?

"我给你十天时间。"他道,"十天以后,你要好起来。"

我一个激灵:"干什么?"

"练剑。"他起身出门,留下最后一句,"请好好调养。"

我眼前一黑。

十天后。

真不幸,我的伤好了。

不知他是从哪里弄来的药,伤口居然好得这样快。第十天,夕儿将我全身检查完毕,便去向她的夫子汇报。我不情不愿地穿上衣服,先去饭堂。

正是晚饭时候,不过我的第一餐习惯吃稀饭,大师傅体贴地给我拿来一罐辣椒末,我慢慢地把一碗粥拌得鲜红。

唉!只要想到一个"剑"字,我就没有一丝胃口啊!

身边却传来兴奋的声音:"大寨主今天要教岑姑娘练剑!"

"啊!赶快吃完去看!"

还有几个多事的跑到我的桌前来求证,我点头:"嗯,等下只教基本功。丑时以后再传我剑招。"

"啊?要丑时以后——那快去补个觉。"

喝完粥,我问大师傅要了两个馒头揣着,当然也准备好一碟辣酱和一壶茶,往练功场走去。

整座扬风寨造得变态,屋子安置在半山腰,练功场设在山顶。光是上个山就费了我好大体力。山顶平坦,像被哪个大力神齐齐整整劈去了一截,也足够宽敞,只是冬天冷死夏天晒死,这靳初楼果然整人成癖。

待我歇得差不多了,靳初楼也上来了。我能拿捏得这么准,当然是血的教训换来的经验。想当初我刚上山还未缓过气,就因为迟到了半炷香工夫而被罚跑三十圈,然后还要练剑,我握着剑的那一刻只想做一件事:从山顶跳下去。

"可以。"当时靳初楼道,"在生死交替时,你或许会记起来。"

刚到人世的我多么愚蠢,居然以为他是在开玩笑,站在平整的山顶边缘,我道:"你不要以为我不敢跳。"见他走过来,还想吓唬他一下:"——哼哼,不用拦我,你拦不住我,我说到——啊!"

所有的声音都化成尖叫,我的脚步往后一错,一脚踏空,直往山下跌去——他在我肩上推了一把。

虽然在我摔成八瓣前他最终捞住了我,但我已经知道,跟这个男人,绝对不能开玩笑。

他,是认真的。

不过,这样回想起来,我倒发现一件事:我得到的"待遇"在

"提高"。

如果换成今天,他绝不会跃下来接住我。反正"不会要命",顶多残废破相,他有药可医。

想到这点,我忍不住站到场地的最中央。

他把一把剑扔给我:"再忘记带剑,绕场跑三十圈。"

"反正夕儿会拿给你,反正你顺便也要上来嘛!"我笑着说,看了看他的脸色,立刻肃然,"不要浪费时间,练剑!"

被教了一个来月,我还在练挥剑。所以我讨厌剑,它让我觉得自己分外无能。楚疏言教我的阵法以及阿南传授给我的轻功身法,我多多少少都能有所领悟,唯有剑法,记住招式是一回事,把剑招使出来又是另一回事。

是的,我的脑袋比身体好使,我早就知道。

但可恨的是面前这个人不知道。

"靳初楼,万一我永远也练不成剑呢?"

"不可能。"

"世事无绝对啊,你怎能这样肯定?"

"啪",手腕被他的剑鞘敲了一下:"不许分神。"

啧,一点儿也不懂得劳逸结合。

天空黑沉沉的,看不见半点儿光,山下倒有灯光,像散落的星辰。在这样的夜晚,应该泡一壶热茶,躲在被窝里看一本好书,炭火一定要烧得热热的,当然还得有点心……啊,真是美梦。

"如果你真是和我一样的人,"不知隔了多久,他缓缓道,"就一定练得成。"

"喏,事实证明,我和你完全是两样的人。"我边挥剑边叹息,掌心因为用力,已经有点儿麻热,回去一定会起水疱的,"即使我们是一样的人,也不能因为你练了剑,就要我也练吧?"

"练剑是我们的捷径。"

"捷径?到哪里的捷径?"

"通往更高的地方。"他看了我一眼,像是奇怪我为什么问得出这样的问题,"人生在世,是为了更好地活着,得到更多的东西,站到更高的地方。也许每个人的路都不同,但目的地相同。"他顿了顿,打了个比方,"好比这山。世上有无数座山,人们往各自看中的山头上爬。爬的山或许不同,但都在爬山。"

"那你的山在哪里?"

靳初楼沉默了片刻。他不是一个习惯向别人倾吐内心想法的人,这点我知道。因此他会回答我,令我很意外。他缓缓拔出剑,眸光中有一种奇异的柔软:"在这里。"

"我第一眼看到剑的时候,就觉得那曾是我生命中的一部分。就想握住它,和它一起,向更高的境界进发。"

"骗人。"我停下来揉揉酸痛的手腕,"剑只不过是你寻找过去的工具而已。有了剑术你才有声名,有了声名你才有号召力,有了号召力你才有扬风寨,有了扬风寨你才能得到知书人的请帖……"啊,打住,再进行下去就会变成"进了阅微阁却捡回了我"。

"我相信阅微阁。"他突然这样说。

"欸?"

"我相信你就是阅微阁给我的答案。"他笃定道,"你会是我找回记忆的关键。"

真让人无力,我伸了个懒腰:"来喝杯茶。"

茶已经冷了。馒头当然也又冷又硬,即使蘸着辣酱,滋味也不怎么样。忽然之间，我觉得心灰意懒，一扬手，将馒头远远掷出去。

"我不知道我要爬的山在哪里，但很明显不是这里。"我道，"靳初楼，也许我是你找回记忆的工具，但首先我是个人。"走向山顶边缘，我慢慢回过身来，"不要把谁都当成你达到目的的工具。"

我说得非常从容，一个字一个字，他应该听得很清楚，但他的眉头却微微压了下来。怎么？初楼兄，觉得我忽然这副神态很奇怪？哎呀，我以为你应该习惯了呀。冷风吹动衣襟，我觉得自己可能会像风筝一样飞起来。

那么，飞吧。

右脚后退一步，踏空。

空荡荡的深渊，长风猎猎作响。

我想睁开眼睛看看此时光景，可惜风太大，下坠的速度太快，眼皮上像是压了千斤重担。身子一直往下坠，快到底了。我知道。

可惜我没能如愿，紧要关头一只手拉住了我，向前掠出老远，才化解下坠之势。他的手握得很紧，他的怀抱比我想象中要温暖，也比我想象中更舒适——我曾以为像这样一个人，胸膛必定也像铁板一样又冷又硬，哪知不是，软中带硬，硬中带软，触感很令人留恋。

"岑未离！"他的声音里有一丝难得的急迫，真气从我的背心灌入，嗯，他的真气也很暖。我曾经享受过不止一次，只是每次都是濒死关头，哪有这次惬意。真气绵绵无尽，我懒洋洋地躺在他怀里，这样一直下去多舒服，只是我自制力差，没能忍住。

没能忍住想看他的脸。

他的表情，一定很有趣。

像终年平滑如镜的水面终于起了波澜，像始终浮荡的云气散去，他紧皱眉头的样子非常可爱。我终于忍不住笑出声来。

我靠着的身体僵住。

他的脸色变得铁青。

"在伤心之前，至少先探探我的脉门吧？"我笑着伸手抚向他的脸，"你不是很会把脉的吗？"

"啪"。我的手被不客气地打开，正好是在山顶被剑鞘拍的位置，说不疼是假的，我揉了揉，道："真可惜，我没死成。"

"你在找死。"

"是啊。"我说着，视线一直望进他的眼，"如果要我一直这样活下去，我宁愿早死——抱歉，现在看到剑我就想死，你还是杀了我比较好，大家都省事。"

我应该从来没有这样看过他。因为这个男人的眼睛总给人一种无法逼视的压力。很多人都说不知道大寨主的眼睛到底长什么样，我也不知。

但现在知道了。

他有一双修长的凤眼，眸子深邃如同此时的夜空，那么黑那么黑，没有一点儿光亮，我的视线可以一直穿进去，但没有边际。

他整个人是一团无穷无尽的黑暗，冷漠，遥远，深不可测。

"你是个疯子。"他淡淡地说，"你难道就不想知道自己的过去？"

"哦，那东西，对我来说还不如一个馒头。"

他看了我片刻，终于放手。

"最最上等的苦肉计，就是你上演的时候一点儿也不觉得苦。"

这是我枕下某本小说里的话。作者大人，感谢你，我要给你点三炷香。

然后我把书烧掉，以防万一，不能让靳初楼知道我干的事是抄袭书里的主人公——当然人家是为了验证心上人是否喜欢自己，我则是为了自由。

我当然不会找死，活着至少有辣椒拌饭吃，死了可什么都没了。

靳初楼不可能让我死。嗯，这一点我是不会看错的。他的想法也和我一样：活着的岑未离总比死了的岑未离有用。

就这样，我得到了自己想要的。

不会有人再找我练剑，也不会突然被剑刺、被鞭子勒、被掌拍，生活终于向我展现了它应有的面貌：这样平静、和煦、温暖。上次托阿东买的小说终于全部看完了，再托他买，他"哼"一声："你上回骗我的账怎么算？"

"啊？"

"就是说丑时大寨主会传你剑招的事！"阿东吼，"搞得我们整个院子的人一宿没睡，丑时爬到山顶等到天亮！"而且由于睡眠不足，晨练质量下降又被大寨主罚绕场跑了三十圈！

"那个啊……"我拍拍他的肩，安慰他，"以后不要随便相信别人说的话，知道吗？"

"知道什么！"他理都不理我，脑袋一扭就要走。我拉住他："夕儿的剑招行不行？"

他的眼睛亮起来。

我把他带到我的屋子，安排他躲在床上，这小子却期期艾艾扭扭捏捏不肯上，被我吼了一顿才红着脸上去。

险得很，他才藏好夕儿就踏进来："岑姑娘找我？"

"欸，是啊，靳初楼真是过分得很，我不练剑就连你都调走，这几日我过得好生闷乏。夕儿,你陪陪我吧。"

"夫子明天要去问武院,我要随行,正在收拾行装。"

"那你没空啦?"

"时间不多。"

"不用太多,耍套剑即可。"

她用狐疑的眼神看我。唉,这也难怪,往常我听到一个"剑"字脸就发绿。

"事实上只是想看舞剑的夕儿。"我摊开笔墨,"近日无聊,我在学画。夕儿,我知道你舞起剑来最漂亮啦。"

女孩子多半喜欢听这样的好话,连夕儿也不例外,她顿了顿:"我稍后便来。"

欸,其实不用打扮的啦。

谁知我猜错了,她没有换衣服也没有戴首饰,她带进来的是靳初楼。

"难道两位想来双剑合璧?"啊,无妨,如此我对阿东的要求要再加一倍。

"尊驾请出来吧。"夕儿扬声道,对着的地方竟是床。

她怎么知道里面有人——不,现在不是考虑这个的时候,阿东你死也要给我顶住,千万别出来。

里面悄然无声,还好,阿东总算有几分脑子。

"出来。"低低的声音,来自靳初楼,"否则休怪……"

完了。

我叹了一声。

果然床幔一阵哆嗦,阿东跳了下来,才下床,就忙不迭跪倒,"大寨主,是她叫我来的——"他手一指我,又忙辩白,"我要是知道大寨主会来,就算给我十个脑袋也不敢偷看曲师姐练剑。对不起啦!曲师姐!"猛虎落地式以头抢地,非常有气势。

夕儿呆了呆,但作为扬风寨第一女剑客,她即刻恢复过来,立刻半跪:"夕儿错了。夕儿以为岑姑娘已经想起了往事。让夫子白跑一趟,请夫子责罚。"

咦,难道她以为床上之人是我暗中召来的?

"起来吧。"靳初楼淡淡道,然后目光转向我,"这是怎么回事?"

"这件事情说起来很简单但是看起来很复杂。如果要解释的话……嗯,是因为我想看小说抄本而无钱去买。"

"所以?"他的眼睛微微眯起来,有一点点冷厉。

"所以我打算让阿东偷学到夕儿的剑招,作为回报,阿东给我买二十本小说来。"

"为了二十本小说,你让男人藏你床上?"夕儿皱眉,"岑姑娘请不要开玩笑。"

靳初楼问的却是另一个问题:"你以前看的小说是怎么来的?"

"呃……"阿东正在那儿以可怜的眼神想请我停下来,可是如果我不说清楚的话,事情就有点儿难办了呢,所以……"那是拿夕儿的剑穗换的。"

想我最初醒来,不懂事,因为被交代不要走出院子,果然就乖乖不走出院子。整天看见的人不是靳初楼就是曲夕儿,第三个人就是在院门口探头探脑的阿东。

我当然不会放过他,便假装昏倒把这小子骗了进来,又见他提到夕儿时眼睛发亮,就问夕儿借剑"练了练",还回去的时候说,

"穗子不小心弄掉了"。夕儿也没放在心上。

不过今天说出来了,夕儿很可能就要放在心上了。

"穗子呢?"只听她冷冷向阿东道。

"在我家祖宗牌位前。"阿东颤声答。

见我等不解,阿东解释:"曲师姐是剑术高手,师姐身边的东西也一定具有灵性,我想它会保佑我早日练好剑术……我还叫我娘早晚上香咧……"

听到此处,我忍不住笑起来。早知道把靳初楼的剑穗给你,哦不,错了,靳初楼的剑光溜溜啥也不挂。

夕儿狠狠剜了我一眼。她是真的生气了。可是抱歉,我真忍不住想笑,我捂着肚子往外去:"你们先聊,我先出去笑会儿。"

黄昏的光线真好,里面的事情也很快以阿东灰溜溜地跟在两个人身后出来而告终,经过坐在阶前的我,靳初楼站住:"想看小说?自己挣钱去买。"

我仰着脖子望他,夕阳就在他的头顶,从这个角度看靳初楼格外高挑修长,我眨眨眼,"想看小说可以问我要钱去买"这种话,果然是不可能从这个人嘴里听到的啊。

"当剑客赚钱吗?"那我还是不看小说好了。

"扬风寨里就有很多工作。"他扔下最后一句,走了。夕儿从头到尾都没有再看我一眼。呜,她一定不肯原谅我。

我的第一份工作是厨师。

嗯,如果做过的都算数的话,前几天我在扬风寨前面的大厅当记录员来着。负责记录弟子们出的任务——这是个奇怪的地方,我不得不佩服靳初楼,别的地方收了弟子的拜师礼就一门心思教弟子武功,他居然想得出这样的损招来利用弟子的武功和时间。虽然佣金里弟子抽五成,但是,弟子们,你们不觉得冤吗?那些钱明明应该全归你们吧?

"如果不是扬风寨,我不可能做到这些。"

"任务是寨里接到的,当然要分一半给寨里。"

"即使是出任务也要寨里全程安排,你以为赚佣金是那么简单的事啊!"

最后一个吼过来的人是阿东。整座山上也只有他敢这么跟我说话,顺便到处宣扬"千万不要跟岑未离打交道"。

"你是我在这里唯一的朋友啊,阿东。"

"你替我每天跑一百圈,跑完三个月,我就当你是朋友!"

"……我有事先走一步。"

还未走到大厅我就已经犯困。像我这种天一亮就想睡、天一黑就会醒的人,要大白天干活真是比什么都痛苦,是以第一份工作很快被放弃,我找到饭堂。

饭堂的工作比较适合我,丑时开始和面准备包子馒头饺子面条,卯时为弟子们开饭,那时我也该睡了,刚刚好。时间如有富余,大师傅还会教我做菜,夸我甚有天赋。

除了练剑,我做什么都是有天赋的。

这天大师傅家中有事,把准备一天饭菜的工作交给我,我撸起袖子微笑:"没有问题。"

那一天的菜式由我精心挑选。

剁椒鱼头、泡椒凤爪、辣椒炒肉、辣椒粉裹排骨、虎皮辣椒、凉拌辣椒丝以及酸辣汤。

有荤有素,有凉有热,有菜有汤。完美搭配。

那顿饭大家都吃得很开心,个个满面红光,不停吸气。我一面与瞌睡虫搏斗，一面欣赏大家的表情，觉得十分有趣。

但不知为何，原本应该在家中的大师傅晚饭前赶了回来，表示不用我再帮忙。一问原因，乃是"菜太辣了"，弟子们受不了。

那点儿辣椒算辣吗？

好吧，先不去想这个，现在的问题是，我到底要做什么才能买到书。

扬风寨工作颇多，但很显然没有一份适合我。

这个时候，我的好友阿东说："有家书局要找伙计，你去不去？"

"……果然不愧是我此生最好的朋友。"

"我不过是为民除害。留你在山上不知有多少人要倒霉。"

这样说太不公道了。不过念在他愿意带我下山，我也就不去计较。我俩傍晚动身，到达之后已是深夜。原来山下不远就是一处城镇，而阿东家在当地颇有地位。有了阿东的引荐，事情非常顺利，我终于可以日夜与小说做伴，时间从此如同流云飞逝，也不知过了多久，突然有一天，我再也不想看书了。

寄宿的书生爱上大宅门里的少女，借伞的男子爱上借他伞的那个人，状元高中之后必定娶宰相之女，夜夜来相会的女子必是妖怪……诸如此类，翻开一本书，只需读上一页，我便能猜个八九不离十。

我打了个哈欠，走到门外，原来隆冬已过，春天已经到了。

第二章 问武院

再次见到靳初楼的时候,我在一个叫作汾城的地方。

"你在干什么?"他问,那神情很冷。

"你难道没看见?我当然在扫地。"莫非他不认得扫把?

"我问你为什么会在这里扫地。"

"欸,许久不见,你的耐性差了许多。"我又一次听到他声音里透出来的轻轻震动,不似往日古井无波。

他不说话,眼睛盯在我身上,等我回答。

"这个,说起来是很长的一段故事,要不要坐下来,边喝茶边聊?"打扫时也不能太亏待自己,我从花丛深处摸出茶壶和茶杯,仅得一只杯子,只好让与客人,我指着那边,"看到那棵树了吗?"

暮春时节,庭中繁花似锦,中间一棵桂花树,冠盖如云,夕阳照来,每一片叶子都似有霞光。他当然看到了。

"你想说什么?"

他的眸子里隐隐有点儿波动,真有趣,但我得适可而止,不然他可不会怜香惜玉,我道:"这是我见过的最大的桂花树,所以我想在这里等它开花。"

"岑未离,你最好直接告诉我原因。"他微微吐出一口气,"你来这里干什么?"

呵,这家伙,脑子只有一根筋。他必定以为我下山是想重回记忆中的家园,于是他冷眼旁观,并不打扰,只是我每个地方都没有久待,停留的时候又没有做什么正事,终于令他失去耐性,在这里现身。

"为什么我说实话时你总是不信呢?"

"我不信有人会为了一棵树而当洒扫丫头。"

"好吧,事实上是我混不下去了,除了这个,不知道还能干什么。"见他张了张嘴,我先一步截住,"你不会叫我去什么奇怪的地方吧?"

"胡闹。"他站起来,扣住我的手腕,"跟我走。"

"哎呀,靳夫子原来在这里。"现身在花园游廊的是我的东家,忙忙地赶来,"周大人来了,说要多谢夫子救命之恩,夫子……"像是猛然发觉我这个人似的,他看了我一眼,继续道,"原来夫子喜欢这样的?真是没看出来……周家小姐比她娇美百倍,"压低声音,"周小姐也一起来了咧。"

咦,我虽然是个末等下人,但也见过东家几面,平日只觉他好生气派,这样近距离看起来,不知为什么觉得他很像……太监。

我想象着他打扮成太监的样子,忍不住笑了出来。

"笑什么笑?还不快快退下。"

东家说着,一面去拉靳初楼的手,被靳初楼不着声色地避过,他又去拉靳初楼的衣袖,靳初楼松开我,上前一步,道:"走吧。"

声音是淡淡的,但很有一种拒人于千里之外的味道。东家一怔，不敢再拉拉扯扯。

瞧着他俩的背影，我忽然很佩服靳初楼。这家伙的面皮好似冻在脸上，仅凭声音与气势居然还能做出这许多反应，真不简单。

我拎着茶壶，回屋收拾东西。同屋的丫鬟问："阿离要去哪里？"

"不知道。"我微笑，"先收拾好，等下好上路。"

果然，包袱刚刚扎好，管家就来了，付了半个月的工钱，请我上路。

外面夜色正深，出来的时候经过正厅，里面还有人唱戏，宾主相欢，好生热闹。所谓"周小姐"，莫不就是左边那个？生得倒还行，就是胭脂涂得多了些。我只望过去一眼，她就已递了三道秋波给靳初楼。靳初楼的脸色如何？可惜，被人挡住，我看不真切。

管家低声催促我，他小心得很，看来东家交代得很仔细。但是，"刘管家，我有点儿饿。"我说道。

"巷口便有面摊。"

"可是桌上刚好有我想吃的菜。"我叹了口气。他忙拉住我，他以为我要冲过去？那样未免太累，我只是喊："靳初楼！"

靳初楼好耳力，立刻回过脸来，管家还想把我拖到暗处，但哪里及得上扬风寨大寨主的速度，他掠到我面前，屋里的人因此都走了出来，未等他开口，我先道："我饿了。"

"靳夫子的朋友吗？"屋子那边有个大肚子老翁呵呵笑，"请过来坐，过来坐。"

待我坐下，座上七个人里面，倒有五个人脸色不好看。尤其是周小姐，眼睛望望我，又望望靳初楼，然后又去望望老爹老娘。周夫人于是开口道："这位姑娘可是问武院弟子？"

非也，你明明看到我身上穿的是下人衣服。"

东家擦擦汗，神情尴尬。他在挣扎到底是说"来人，再上副碗筷"还是"来人，把这丫头拖下去"吧。

但下人动作很快，筷子已经送上来了。靳初楼道："这位姑娘是在下的故人……"

"我要吃那个。"我拿筷子敲了敲碗沿，朝周大人面前的丸子点了点下巴。

这位周大人果然是官场上混过的，笑容一点儿未变："姑娘请，姑娘请。"

"太远了，我夹不到。"我眼睛瞥向靳初楼，"小楼，你的手比较长。"

靳初楼的筷子镇定地顿了一下，当然他不会在席面上跟我为这样的小事争执，夹了一个丸子到我碗里。

周小姐忍不住了："这位姑娘——"

"我是靳初楼的救命恩人。"这么说很突兀，但大家既然想知道答案，我也不用拐弯抹角了吧？"话说那次靳初楼遭人暗算，昏倒在我家门前，我家虽贫，却用三碗米汤救了他的命，是以靳初楼许诺要请我吃三顿大餐以酬谢救命之恩。"

桌上的人面面相觑，东家咳了一声："靳夫子果然……果然有恩必报。"

靳初楼的脸色不太好看。

我继续道："靳妈妈为了谢我，还曾送我一个荷包。说这原本是靳家传家之物，只给儿媳妇的。但因为靳初楼一直没有娶妻，她也不知是否有天能交到儿媳妇手里，倒不如送给我做人情。"我在包袱里摸了一通，掏出一只前天花十五文钱买的荷包，"哎，周小姐，这荷包和你的衣服好配，莫非此乃天缘？我留着它也无用，小姐可愿收下？"

周小姐一直充满敌意的目光登时软了："姑娘如此抬爱……"说罢接去。我安心归座："哎，小楼，你我三年未见，今日好容易碰上，转眼又要分离。自从那日喂过你米汤之后，我家越发穷困，今日我打算投奔远房亲戚，盘缠却不曾备得……你说你娘当初谢我，送什么荷包，送银子多好——"

"岑未离。"靳初楼低低唤了一声，压抑着不悦之意，我自然收口。反正，该说的都说了，至于该做的……自然要看做的人。

"姑娘赠我荷包，雯雯无以为谢，这枚玉佩跟随我多年，希望姑娘不要嫌弃。"

上面仍带着体温。是否跟随多年另说，玉质却相当不错，我含笑谢过。再聊下去，我俩恐怕就要义结金兰，此时我腰上一紧，在背着众人的暗处，有什么东西勒住了我的腰。这东西我当然不会忘记，某年某月，我险些被它勒死。那是靳初楼一直藏于袖底的、蛇一样的软鞭。

我手上的调羹忽然掉在地上，跌了个粉碎。

"好疼……"我捂着肚子，巧妙地遮住鞭子，"好疼……"

"怎么了？怎么了？"

"难道吃坏了什么？"

"啊，周大人的菜里绝对没有问题！"

杂乱的声音中，靳初楼一把抱起了我："我带她去找大夫。"说罢向在座众人一点头，"魂玉之事多亏周大人担待，靳某不胜感谢，日后若有差遣，请上扬风寨。"

然后，我耳旁生风，他已快步掠出这座宅院。

可惜，我的桂花还未开放。

确认离我原东家有足够远的距离，我被掷下地来。

"啧啧，"我揉揉腰，"就算我搞砸了你的相亲宴，也没必要下这样的狠手吧，小楼？"

"你到底想干什么？"他的眉头压下来，"你脑子里想的到底是什么东西？"

"我只是在替夕儿抱不平。"我无辜地道，"要是她看见你跟那周小姐眉来眼去——"哎呀！不好，他的神色相当不善，我连忙改口，"话说这次夕儿怎么没一起来？传说中曲夕儿不是靳初楼的另一把剑吗？"

"有弟子在一项任务中出错，险些伤及周大人性命。"他答非所问。

"哦，所以你来替弟子擦屁股？哎呀，扬风寨老大也不是好当的。"

他沉沉地看着我。好吧，你应该明白我们确实是完全两样的人吧？你脑子里想的我不能理解，我脑子里想的很显然你也不能接受。我摸了摸肚子："我真饿了。分手之前，请我吃碗饺子吧？"

祝五记的韭菜饺子最好吃，更甚于此的是她家的辣椒油。沸油浇进干辣椒里，趁油温未降前撒一把干芝麻，香气全被激出来。

靳初楼看上去胃口不佳。我清楚他的习惯，即使餐桌上的气氛不是他喜欢的，也不会影响他进食。他知道自己每天需要多少食物，三餐完美分配，不多不少。

所以我把一碗饺子吃完，他那碗还纹丝未动。我说："早知就不叫了，一碗要十五钱咧。"

"是你叫的。"他起身结账,"即使我说不要,你还是会塞给我。"

为避免那样的麻烦,所以干脆先装作接受?

咦,这家伙何时这样了解我的禀性了?真是个不错的进步。

夜晚的风柔柔地吹在面上,我抱着包袱在店外等他。店内烛火明亮,照出他修长的身形。那一刻我有种奇怪的感觉,觉得他不该在那里。

不该站在那里。那些油腻腻的桌子,那些已经看不出原来颜色的长凳,那个已经落了不少灰的灯罩,那个正在找碎银子的老板娘……不知为什么,跟他分外不配。

来人世这样长时间,我也算见过不少人物,到过不少地方,却总觉得,没有一处和靳初楼给我的感觉相似。

冷漠,遥远,高高在上,深不可测。

"你果然不是这个世界的人。"他走出来时,我轻声道。

他当然不知道我在说什么,只是道:"走吧。"

"哦,是,走吧。"

虽然没有宵禁,晚上的街道还是格外冷清,天边有淡淡的星月。到了一间客栈,他让我在外面等,片刻他出来,小二牵出他的马,他先骑上去,然后把手伸向我。

"怎么?想送我一程?"

"跟我回扬风寨。"

"不。"我后退一步,笑,"我有自己想去的地方。"

"你想去哪里?"他坐在马上,高高在上,眼睫低垂,很有一种俯视苍生的味道,"跑堂、花匠、洗衣妇、江湖骗子、洒扫丫头……你还想干什么?"

"不知道。"我老实道,设若每一天都一模一样,那有什么意思,我抬手指向天边一颗星,"看到了吗?那叫昭明星,今夜我决定向着它的方向走。"

至于天亮前走到哪里,做些什么,那是天亮以后的事。

他微微皱眉:"你每次都是这样决定行程?"

"大概吧。"嗯,有时候,也会因为城镇的灯光而改变方向的。

他终于明白了我这么长时间凌乱的行程图,也终于明白我的头脑跟他的头脑没有半点儿共通之处。他没有再说什么,扔了一袋银子给我,又给了我一只小小锦匣:"如果遇到什么事,可以把这个亮出来。"

"不要不要。"我把东西掷还给他,"你难道不知道有句话是,匹夫无罪,怀璧其罪?我原本无财无色,十分安全。"而且,我笑笑,"这东西落在我手里,你不怕我拿到金玉店刻它个十个八个拿出去卖吗?相信价钱非常不菲。"

他愣了一下,摇了摇头,也没有再坚持,打马离开。

马蹄踏过无人的街道,声音格外响。我站在原地,一时有点儿回不过神。

我没有看错吧?没有看错吧?在他摇头的时候,我分明看到,他的嘴角微微翘起一点点,脸上有一种细微的变化。太快了,夜色也太朦胧,以至于无法肯定那一眼是不是我的错觉。

……那是笑吧?

没有机会证实了,马带着他的主人离开了我的视野,天边星正亮,等着我的是我的新旅程。

明天会怎样呢?

人生真是有趣。

然而没有想到,我会走到这里。

因为快到秋天,我想回汾城看那棵桂花树。如果我没有记错的话,这一路来,我循着的星星分别是昭明、太谷、阳门、帛度、玉衡、长庆和紫朔。于是我一一按着星辰的反方向往回走,结果,就到了一处从未到过的地方——许多个日子以后,我才知道原来那满天的星辰也有生命,也会走动,它们早就不在原来的位置了。

——平阴城。

连我这等人也知道它,可见这座城到底有多出名。它出名的地方不在于城池本身,而在于在它的南郊,坐落着当世第一大门派,问武院。

眼下这个"江湖",与我在小说抄本中所见的腥风血雨大为不同——据说百年前一位高人设立问武院,将各门各派的精英请到院中任夫子,分门授课,一举打破了各门各派自立门户互不交好的江湖格局。院内分为身刃和无身刃两大教类。身刃即刀剑拳掌种种外门功夫,以及内功与轻功身法。无身刃即机关、暗器、兵阵、医药、星相、占卜。这里是天下学武人心目中的圣地。每一名出师的弟子无不名动江湖。

譬如,扬风寨的莫行南便是身刃状元,楚疏言脑子里神秘莫测的阵法,便是来自问武院的无身刃。

譬如,我的"大债主"靳初楼还是问武院的夫子。

他每个月的时间被分成两半,上半月在扬风寨,下半月在问武院。或者是上半月在问武院,下半月在扬风寨?

记不太清了。

"……到了平阴不去问武院看看,那是多划不来的事!"小二眉飞色舞地推荐,"这边向导只收一两银子,要软轿的话二十两银子……马？马不行，最后面是山路，骡子倒还可以，不过客人你相貌堂堂身份高贵，骑骡子未免太那个了点儿……我们店里的软轿舒适又便宜，还有靠枕，包上包下，服务周到……"

"远吗？"我插进去问。

"用脚走当然远啦。"小二说着，忽然发现问话的人是我，"我说小师父，你也要去吗？"

"远就不去了。"

他即刻掉回头追击那位客人，其实他的眼睛还不够亮，像我这种人明显是不可能租得起他家软轿的。

我吃完馒头，在一位卖菜大婶的指点下，往问武院去。

有不少和我一样前来观光的人物，因此只要跟着他们就好了。那小二眼睛不好心眼儿也不好，明明出了城就是，一点儿也不远。

"不能再过去啦！"前方的一个向导向客人道，"再过去问武院里的人就会发现。"

"可我花了二十两银子，难道只是在一里外看看问武院的院墙？"

"不不不，我们还有问武院的石头、问武院众状元的画像，还有问武院众夫子的武功秘籍，以及问武院弟子的制服出售，客人可以随便挑选……"

"……是吗？那我要——喂！她怎么可以过去？"

喊，我当然有我的本事。我回过身来，向他道："你给我二十两，我带你进去。"

他上过一次当，狐疑地看着我。

我微笑道："不信的话你可以进去了再付钱。"

他心动了。那是个二十来岁的年轻人，衣服的质地非常好，身上那块玉佩看上去也相当不错。不知是哪里来的富家子弟,如此仰慕问武院声名,又不够问武院择徒的苛刻条件,因而更加仰慕。

"客人,再往前有弟子把守了。"向导提醒。

我看他一眼:"不敢来吗?"

"谁说的?"他立刻挺起胸膛,"走就走……就算被问武院弟子骂一顿也是好的。"后面这句是他自己跟自己嘀咕的,真是个狂热分子。

向导说得没错,这条山路再往前走出不到三丈,便听得破空声响,两名少年凭空现身:"两位有何贵干?"

身边的人倒抽了一口冷气:"好……好功夫……"

"我找靳初楼。"

"哼,小师父,你刚才的话我俩早已听到,你俩还是速速回去为好。"

身边的人又抽了一口冷气:"好……好耳力……"

我摸了摸头,到此有点儿后悔当日没收下那枚印章,想了想,把手腕上的竹片解下来,递给他俩:"把这个交给靳初楼,就说故人求见。"

两人互相看了一眼,一人留下,一人走开。路不肯好好走,直掠过去,我身边的人抽气声更大了:"好……好轻功……"

我微微一笑。那年轻弟子分明故意卖弄,一面说"唉,天天这么多人围观好烦",一面又巴不得更多人看见他一身好武艺,看见他是如何万里挑一才被问武院收进门。

卖弄倒也有卖弄的好处,去得快来得也快,我身边的人还未来得及为这比方才更快的速度抽气,他已恭恭敬敬向我一抱拳:"在下方才失礼,请师父多多包涵。师父请随弟子这边走。"

我道:"你带这位公子四处看看,走时别忘了叫他留下银子。"

那富家子弟已经眉开眼笑,一面"多谢多谢"说个不停,一面跟着弟子进去。我与他一起走进大门,被弟子引往另一个方向。

正是日暮时分,夕阳的光线照在大门的铜环上。对这驰名天下的顶级门派,我骤然有种感觉——好大。

光是一个叩门的铜环居然就这样大。门推开之后,我愣了愣才踏进去。

里面是个宽广的前庭,由巨大的青石板铺成,十余根柱子直指苍穹,已经沉下一半的夕阳将它们拖出长长的影子。

后面还有层层屋宇,但一时之间,我好像都看不到了。站在这里,只觉得自己分外渺小,有如蝼蚁。

弟子轻声催促我,我忽然觉得不对。作为夫子的客人,我不应该受到最周到的照顾吗?他这个做弟子的,不是该在一旁慢慢讲解这里种种布置的妙处吗?

"喂,我问你,靳初楼看到竹片的时候说什么没有?"

"夫子说:'把她带过来,立刻!'"

……我总算知道为什么这名弟子神情间战战兢兢。这句话显然只有五成相似,一旦靳初楼这样说话,语气其实已经很可怕了。

"这位兄台,代我转告你家夫子,我还有点儿事,下次再来拜会他。"

开玩笑,我怎能在他气头上现身?阿南教我的轻身口诀总算派上了用场,我立刻沿来路折返,那弟子立刻追了过来:"不要啊!"声音里竟有几分悲惨。

对不起了,哪怕你要被罚跑一百圈我也救不了你,算我欠你一个人情，下次再还吧。

不过我的半吊子轻功显然不及人家问武院弟子，眼看就追近了，我该用什么法子脱身？装病装死装惨？还没来得及定案，一道更快的身影向这边掠过来。我一看，已知逃不过去，遂站住脚。后面弟子一时没刹住脚，险些跟我撞上。

那人也堪堪停下，一前一后，将我堵在正中。

我只好回身，微微一笑："许久不见，别来无恙。"

"岑未离？"他的声音里有一丝惊异，眼睛里的惊讶更是掩不住，"你——"

我脚上蹬着芒鞋，身上披着浅灰缁衣，脑门儿光洁，脖子上挂着一圈佛珠。大约他做一千种设想，也没想到我这次当了尼姑。

"贫尼静修。师父说我有一段尘缘未断，有碍修行，我特地将那物什归还施主。前尘旧事，于我已同尘埃。施主，你我就此别过。"

他不说话，只紧紧盯着我，像是要用视线把我从里到外探查一遍，好找出纰漏。蓦地，他喝道："夕儿。"

声音很低，莫名地，听来像是炸雷，我的耳内低低一震。那边一根柱子后，夕儿转了出来。

"她什么时候出的家？"靳初楼问，脸上没有一丝表情。

夕儿在他跟前单膝跪下，低声道："静修师父远离红尘，想来不希望任何人打扰。"

"我问你她什么时候出的家。"

"……一个月前。"

"在哪里？"

"……丹阳南山庵。"

夕儿的声音有一丝颤抖,头顶久久没有回音,她忍不住抬头,只见靳初楼神色淡淡:"很好……"

他这样的表情,我未曾见过。比失望深一点儿,比愤怒淡一点儿。夕儿显然曾经看过,她一把扯住他的衣摆,眼泪滚落下来:"夫子,不要,夫子——"

夕儿会流泪?

那个很高傲脾气很倔的夕儿会哭?

"我身边留不下你这样的好弟子。"靳初楼道,此时此刻,声音反而不似开始紧绷,微微低沉,"你走吧。"

"不!"

夕儿尖声发出一个凄厉的单音,剑出鞘,往自己的脖子抹过去——

"不!"惊叫出声的是我,我都不知道自己的声音这样尖厉,我想阻止,可是晚了,我扑在她面前,整个人重重跌在地上,头顶没有动静,时间像是已经停止。我大口地吸着气,地上的灰尘扑进鼻腔里,非常难受。

但是,我不敢抬头。

不敢抬头。

原来……原来我还是怕死的,哪怕是别人的死。

"怎么了,静修师父?"靳初楼的声音不痛不痒,"你不是斩断尘缘了吗?"

怎么回事?

夕儿的剑停在脖颈边,与肌肤仅差分毫的距离,被他的两根手指搭住,就像当初他搭住我的剑一样。夕儿脸上泪痕未干,愕然。

我想我脸上的神情,应该跟夕儿一样。

被耍了。

我爬起来握住他的衣襟:"靳初楼!"

他冷冷道:"怎么不叫施主?"

牙根真痒,真想找个人狠狠咬一口。浑蛋浑蛋浑蛋。我的心脏到现在还没有回到原来的位置,手臂隐隐酸麻,自己埋头喘了几口气,抬起头来,已是一张笑脸,松开手帮他抚了抚衣领:"谁看见你都会生气的,施主。"

"哎,哎哎……"那边不知是谁在鬼叫,"哎哎……"奔近了才见那方才被我带上来的少年公子,跟在他身后的除了那名弟子外,还有一个相貌非常威严的中年人,很明显,他要被赶出去了。

"我只是慕名来参观的!完全没有别的意思!是那位小师父带我来的!哎,哎,就是那位!"

"怎么回事?"靳初楼问我。

"无事。顺路带他进来。"

那边的人还在叫,远远地呼喝着,丢过来一样东西,掉在地上好脆的一声响,是两锭分量十足的银元宝。

我捡起来,挥手远送:"走好啊!"

"这银子是怎么回事?"

"他在路上借了我的。"

靳初楼显然不信,出来这么久,我确实没有见过这么大锭的银子,在袋子里收好,我去扶夕儿。

夕儿兀自坐在地上,平日里看着她比我高,比我能干,此刻在夜色里看来,她忽然变得好小,身体仍在颤抖。

"好啦好啦,你的夫子是吓唬你的。他怎么舍得赶你走?"

"不……"她的声音极低,"他是认真的。我知道。"

"怎么会？来，快起来。"

"要是……要是你真的出了家，他一定会赶我走……"她蓦地以手掩面，呜咽出声，"他会赶我走……"

她突然变得格外脆弱。

安慰人可真不是我的强项，靳初楼低下头来，唤了声："夕儿。"

他的声音像是咒语，她立刻止住了泪。他道："如果你有那么多的泪，赶快回家去哭，不必再跟着我。"

"夫子……不赶我走了？"

"幻影剑是我的另一把剑呢。"他轻轻拍了拍她的肩，"你听过剑客不要他的剑吗？"

那一霎，夕儿脸上放出光来，飞快地拭净了泪，站了起来，腰杆挺得笔直，重新成为我认识的那个扬风寨第一女剑客。

"去吧。"

"是，夫子。"

她的身影迅速消失在夜色里。

夜风扫过空旷的前庭，靳初楼问："你这身打扮是怎么回事？"

"看不出来吗？我出家了。"我懒洋洋地答他。

他按捺住自己的脾气："到底是怎么回事？"

声音已经有点儿往上抬，我瞧了他一眼，这个人，一见面就是"怎么回事怎么回事"，这都问了多少句了？

所以说，我跟他完全是两个世界的人。我们的过去绝对没有关系。我做的事，他是不可能会明白的。

"……我觉得还是不要告诉你的好。"

"总之不会是看破红尘吧?"他的声音里有嘲讽,目光落在我鼓鼓囊囊的钱袋上。

"因为太热了,剃掉头发比较凉快,所以——"我一边说,一边瞧他脸色,果然,他的眉头压下来。

"你开什么玩笑?"

他的眼神里很有砍我一刀的冲动。

我忽然发现他的脾气不像原来那么好——不对,应该说,是比原来有了更多情绪,不再像以前那样冷冰冰、死气沉沉。

这种想发火却又按捺住的样子……真有趣。

"靳初楼,山居幽静,我晨昏静坐,觉得神志很是清明,有些事情若隐若现。"我端正脸色,肃容道,"所以来找你。"

他的注意力果然被转移:"哦?"

"有次,我依稀看见一名女子坐在屋子里垂泪,屋子很大,点再多的灯仿佛都无法照亮。然后……"

他的眼中瞬间多了一丝惊喜,望向我。

我也望向他。

"……然后怎样?"

声音隐隐紧绷,啊,这是屡试不爽的靳初楼的死穴。

我嫣然一笑:"然后没有了。"

"唰"地一下,长剑直指我的咽喉,靳初楼眸子冷厉:"不要跟我开这样的玩笑。"

"怎会是玩——"

底下的话我全吞回了肚子里,因为剑锋已经贴上我的肌肤,也许我的气再喘大一些,它就会割进来。他冷冷道:"我放你自由,不是为了让你胡来。"

"放我自由？"我小心翼翼后退一步，离剑锋远一些，才敢把眉一扬，把眼一瞪，"说得真好听。我做什么你不知道？不要以为我不知道你派了人跟着我！"

"那是因为我不想让你死。"他的气势一点儿也不比我低，"你以为活着这样容易？你扔下多少烂摊子都是我的人去料理的！"

这话可太过分了！"我什么时候扔下烂摊子了？"

"正月十四你在平京干了什么？"

干了什么？我仔细回忆……那时我看了几本命理书……"帮人算命呗。"

说起来，算命也是我颇为得意的工作之一。那次我牛刀小试，就把一个员外说得服服帖帖，他还给我十两银子当谢礼。我正准备继续干下去，忽然有个蛮汉跟我过不去。论体力我当然不是人家的对手，只好收拾东西灰溜溜离去……这样说来，我蓦然一惊——"那个人不会是你指使的吧？"

"你要是在那里待到第二天清晨，就会发现有人带着家丁来捉你。"

不至于吧？"我只是建议他收个属狗的养子，可添福运。人家年到五十，还没一个儿子。领养一个难道错了？"

"你可知道他有两个女儿？"

"女儿终究是要嫁出去的。"

"他的女婿都是招赘的。"

"那……那又怎样？"

我的气势登时弱了。不用说，显然第二天来捉我的是那两个女婿……毕竟养子来了那员外的家产就落不到他们手里。可我其实只是从他言辞神情中套出他无子而已，哪知道他还有两个女儿？

"还有，"他回剑入鞘，举起那块竹片，"如果这东西再让人看到，我会要你的命。"

我的喉头一阵紧缩，这句话给我的压力比刚才的剑锋还要大。

因为我知道他是认真的。

他说到做到。

因为这句话，我下山时的心情颇为糟糕。

为了赶快忘记这段不愉快的经历，我下山换了身衣裳，又买了顶帽子。再上路时，别人不再喊我"小师父"，而喊我"小公子"。

如果手头的钱还有富余，我还想雇辆马车，找个下人。

一个人这样走，我已经有点儿厌倦了。

也许我上问武院，原本就是想找靳初楼。这样的旅程，我有点儿寂寞了呢，有点儿怀念当初在扬风寨的日子。虽然时刻命在旦夕，但起码日日有热饭暖被，还有人聊天。

可惜靳初楼不欢迎我。我只得重新上路。

不过此行好歹算有点儿收获，有那二十两银子垫底，我过得比往日舒适许多。但银子终有用尽的时候，在这个陌生的集镇，我用最后十文钱换来一袋干粮。

明天该用什么糊口呢？继续替人看相？这个最省力，而且就算有麻烦，反正会有人解决……啊，这样说起来，我当初为什么要把靳初楼的印章丢回去？直接拿着印章换钱用不是更简单？

"哎……哎……"

后面有人发出这样的声音，我沉浸在后悔的情绪中，没有理会，那声音锲而不舍，很快到我跟前。是一辆马车，一人头探在外面,忽然伸出手来,摘了我的帽子。

"啊!果然是你,果然是你!"那人没有半点儿歉意,雀跃起来。

我咬牙笑:"麻烦兄台把帽子还来行吗?"我一颗光头露出来,登时人人侧目。

"啊呀!对不住!"帽子扔过来,我戴好,他已跳下车,"没想到你我还能相见,真是有缘。来来来,我请你吃饭。"

我看了看他华丽的马车、华丽的衣饰,以及街边同样华丽的酒楼,点点头。

他点起菜来却一点儿也不华丽:"把你这儿最好的素菜上来。"说罢,又喜滋滋向我道,"那天我真是大开眼界啊,你真是有本事……"忽然压低声音,"你为何突然这副打扮?啊,我知道了,你们江湖中人变幻莫测,定然有事在身。"见我挑了挑眉,他忙道,"放心,个中机密嘛,我懂的。"之后便高声道,"来来来,我以茶代酒,敬你一杯。"

他自说自话,生旦净末丑全包了,我忍不住问:"你是谁?"

他愣住了。

看来果然是认错了人。我叹了口气,打消混饭吃的主意,站起来。他却拦下我:"是我啊!是我啊!那天在平阴,我想去问武院,原本进不去,但是遇上了你,你带我进去,然后我被赶了出来……"

哦,我想起来了:"二十两银子。"

"是是是,我最后留下二十两银子。"说着,他的头低下去,"不过我后来想想,那二十两银子真是侮辱了你……"

不不,我宁愿你多侮辱几次。

他脸上焕发光芒,大谈当日游览问武院的情景:"我看到身刃弟子在练刀法，啧啧，那叫一个帅，御林军操练跟那个比起来简直成了小孩儿把戏。后面林子里还有无身刃弟子在布阵，哇，远远看去，飞沙走石……"

我听得一头雾水："我什么声音都没听到。"

"哈哈！你开我玩笑，你站在十方阵里，当然听不到。"

"十方阵？"

"是啊，问武院前庭有阵法，是举行问武祭时用的，平常人根本走不出来咧，你能进出自如，本事显然不低……"他一脸谄媚，"小师父……"

啊，难怪靳初楼正生着气还会给我带路……还有："喂，我还俗了。"

"啊？哦，那……小公子……"

"我叫岑未离。"

"我叫杜经年。"

"……我说，上几个荤菜行不行？"

"啊，是啊，你已经不是出家人了。小二，上菜——"

那一顿酒足饭饱。哦不，是我饭饱，杜经年酒足。

他问我去哪儿，我看了看天色，星星还未升起，还真不知道要去哪儿，于是我问："你去哪儿？"

"回家。"

"你家在哪儿？"

"京城。"

哦，那我也去京城吧。

第三章 星察

每个人的一生中,都会有一两个地方印象深刻,难以忘怀。

京城对于我来说,就是这样一个地方。

当然事前我并不知晓。

刚进城门,就见杜家的管家带着几名家丁候着,一见马车出现,连忙迎上来。

杜经年正躺在车厢里睡觉,我拎起角落里的茶壶,往杜经年的脸上浇。

管家惨叫了起来:"你干什么?你干什么?"

杜经年拿袖子抹抹脸:"没事。"说完,他开始打哈欠,揉眼睛。受我日夜颠倒的影响,他的睡眠时间也变得十分紊乱。昨晚我俩玩了个通宵,我白天酣然入梦,他却睡不着。

京城没有让我失望,夜晚的繁华胜过我经过的任何一个城镇。车辕上换了一只灯笼,上面写着个"杜"字,行人见了,莫不肃然回避。

咦,来头不小。我只图他吃穿,倒忘了打听他的身世。不过这天子脚下,据说一块匾额掉下来也能砸着三个官儿。前边有一队车马驶来,四盏明灯开路,上面却没有写字标明身份,行得近了,车上帷幕刺绣极尽华美,在夜色中暗暗有珠光闪烁。

"了不得,那是什么大官?"

杜经年笑:"那是光阴教主的车子。"

"我好像听到有人在提我的名字。"

那辆马车停下来,里头传出这样的声音。

街头分明喧闹,这声音却似水一样,平平地,低低地,静静地顺着空气飘过来。而杜经年已经卖力地挥手招呼:"光阴教主,好巧啊!"

"原来是杜公子,"车内人道,"相请不如偶遇,一起去凉风院如何?"

杜经年脸现笑容:"甚好甚好。"他交代老寿带我回府,又道:"你先歇着,我明天带你逛京城。"

此人的头脑显然已经不太清醒,跟我一路同行,居然忘了我晚上从来不歇着。而且他眉梢眼角都是喜色,上对方马车的身姿格外矫健,显然是要与有趣人物做有趣事。

"我也去。"

待他走远,我随便编了个理由将老寿打发走,然后花两文钱买了枚信封,理理衣襟,随便拉住路边某位男子,露出笑容:"兄台,请问凉风院怎么走?"

很快我就知道了凉风院的位置。

进门但觉香风阵阵,入目皆是绯红的、笑盈盈的脸,灯光仿佛也是绯红的,乐声轻扬,莺歌燕舞。

杜家公子之名,每一个听到的人都如雷贯耳,一脸景仰,一一为我指明方向。我穿过无数帘幕和走廊,终于进了某个院落,到此外面的喧闹声渐远,花木与屋宇延绵向远方。

隐隐有笙歌从前面传来，越走越近，婉转悠扬的水磨腔，每一个字都低回无比，就在我快要听清楚唱词的时候，忽然听到有人叹息。

"唉，你家教主再这样寻欢作乐，恐怕命不久矣。"

声音苍老，来自旁边的厢房，窗子没有关，里面一灯如豆，一老一少相对而坐，一面方盘搁在两人中间。

隔得挺远，其实看不清那面方盘里是什么，但无由笃定，觉得里面是沙子，沙子细而软，可以轻易画出纹路。

我不由自主，趋近，想看清上面画的到底是什么。

还没等看明白，眼前忽然一花，方才还在屋中的少年冷冷地站在我面前，剑搁在我的脖子上："什么人？"

为什么使剑的人都一样冷又一样凶？

我扬了扬手中的信，表明身份。根据我的经验，这时候别说开口说话，呼吸都必须好好控制，出气稍大些，贴在我脖子上的剑锋就能在上面拉出一道口子。

少年取走信封，却没有移开眼睛，双眼盯着我的脖子："好胆色。"

他的眼中有一种奇怪的亮光，他想拉一下剑锋，割破我的皮肤和血管，想看鲜血涌出来。

和靳初楼"杀"我的目的不同，这个人是一头嗜血的野兽，杀人是出于爱好与本能。

我有点儿紧张，又有点儿兴奋。

从来没有见过这样的人。这样新奇又刺激。

但现在不是高兴的时候，倘若他发现信纸上一个字也没有，我的脖子很可能就要在他的剑下开花。我把目光投向屋中的老者，那老人声音温和低沉，应当是个宽厚长者。可惜宽厚长者怔怔地瞧着沙盘，像是全然不知屋外有人命悬一线。

那沙盘一定有无穷吸力，我的视线一落在上面便被扯住，挪不开。沙盘上的纹路杂乱无章，眼睛却像是有自己的意识，想从里面找到某种头绪将其理顺……

老者拾起算筹，想要改动其中一条线，我心里一紧，脱口而出："不对！"

一开口，冰冷的疼痛从颈部传来。

——我想我是活腻了。

"哪里不对？"老者像是这才发现外面有人，转过脸来，果然是慈眉善目一张脸，"你懂读星术？"

所谓"读星术"，其实是一种读心术，就是根据人的表情和动作推测出其内心所想。懂的人为增加其神秘性，故意用星相来做掩饰，将其误称为"读星术"。

我神情严肃："你再算下去，就要错过星轨了。"

老者呆了呆，低头去看沙盘，蓦地出了一身冷汗，向我俯身便拜："多谢公子指点。"

我咬牙微笑："要谢的话不妨实在些。"

老者又呆了半晌，像是完全没有看到我正在流血的脖子。那少年已然抖开信封，空白的信纸刺激了他，他眼中掠过一抹寒光，我立刻喝道："你不管你主人了？"

每个人都会有一两个死穴，我对他一无所知，只好将刚听来的那句现学现卖。

他神情一滞。

我押对了。

他将我带到室内，老者眼中满是光芒："公子可是问武院弟子？这般少年英才，真是难得。"

我还未想好答"是"或"不"，他已自顾自接着说下去："没想到占星楼里已经有这样的人物，反观我星寮远不及矣！来来来，快坐快坐，这是光阴教主的命盘，你来看看。"那目光慈祥，映着灯火，我叹了口气。

欺骗这样的老人真是不对，可是，如果我实话实说，估计又要死得很惨。在人世活着不易，我向老人微施一礼："前辈请稍候，容我先去见杜公子。"

老人虽有不舍，到底还是放过了我。那少年冷冷地带我去，我想他脑子里想的是"如果这家伙不对劲儿就一刀了结"吧？

穿过小径就到了正厅，厅上戏子唱作有致，身段扮相都是极佳，即使脖子上在淌血，我也有打赏的冲动。座下却只有杜经年一个人，看到我，吓一跳："小岑？你——"

"哦，碰巧路过，这位小兄弟就带我来了。"

少年脸色不善，但他没有出声，因为他的教主正在面前。

他看的……居然是那扮旦角的戏子。

那旦角扮相极其美丽，小生也是俊秀非凡，两个人都十分投入，直到一曲唱罢，才甩一甩水袖停下来。

少年上前，低低禀明。

这边杜经年训我："小岑，你怎么样也是个姑娘家，怎么能来这种地方？要知道……"

我用一句话堵住他："江湖儿女不拘小节。"

他立刻被说服了，然后去向光阴教主解释我只是一时新鲜贪玩全无恶意，光阴教主微微一笑："十四，还不快快赔罪？"

名唤"十四"的少年直挺挺走到我面前，一剑横过自己脖颈，虽然没有鲜血四溅，但口子绝对比我的深。

然后他躬身奉上一只小瓶。

虽然不想认，但我的嗓子有点儿发干，脸也一定白了。

"苗疆的刀伤药虽好，却太霸道了，这位小公子细皮嫩肉，留下疤痕就不好了。"扮小生的男子微微一笑，"我这里有生肌去疤的灵药，再适合小公子不过了。"

两名丫鬟带我去上药，告诉我那是凉风院的老板左春坊，平时爱调个香粉什么的，因为在药王谷待过一段时间，对药理颇为精通，调出来的口脂面膏都是美容圣品，料理小小刀口自然不在话下。

杜经年在门外等我："小岑，你没事吧？小岑，你——"

我把门拉开一点儿，放他进来："这里有没有后门？"

世上的房子都有后门，房子越大，后门越多。

我俩从后门逃之夭夭。

杜经年一边逃，一边道："这样总归不太好，我还是跟教主和院主说一声……"

那你为什么跑得比我还快？为什么看我慢下来还要来拖我一把？

"小年，你知不知道什么叫口是心非？"

我早知道，要养出杜经年这样一个败家子，家里必有大大的房子。可是我实在没想到，杜家的屋子居然这样大。

半夜进来有杜经年领着，第二天我毫不意外地迷路了。

山重水复疑无路，柳暗花明又一村。每每以为已经是尽头，转过假山，又是一片天地。我逛得兴致盎然，但是走了几条回头路，都找不到自己住的屋子。

一名花匠见我在园中团团转，趋近："是岑姑娘？"

我连忙点头。

"请借一步说话。"

"几步都随意，带我回屋去，我还没吃饭。"

他不答，牵引我前行，低声道："大寨主有几句话要在下带给姑娘。"

靳初楼？

"大寨主说京中卧虎藏龙，这杜家更不是一般人家，请姑娘早些离开，不要滞留太久，否则出了什么乱子，大寨主很难收拾。"

"哦，还有靳大寨主收拾不了的乱子吗？"而且，我这样老实，何必总把我和"乱子"扯在一起？

"岑姑娘，你可知道杜家是什么人家？"

我掏掏耳朵："大户人家呗。"

"姑娘可知我朝皇后十有八九姓杜？"

"当朝皇后不是姓花吗？"

"太祖皇帝留下遗命，皇储必先迎娶杜家女为后，当今太后便是杜公子的姑母，太皇太后是杜公子的祖姑母，杜公子的父亲乃是当朝右相。大寨主甚少涉足官场，姑娘自己请万事小心。"他从袖中拿出一只小盒，"此物名曰'燃生花'，姑娘若是决定离开，请点燃它，在下便来接姑娘出府。"

说罢，他身形一闪，倏忽不见。

夕阳正好，四下里寂然一片，我已经站在自己的房门前。第二天我特意经过昨天的路线，又一次碰到了低头修枝的花匠，不过抬起头来,已经不是那人了。

简直像是做了场梦。

然而我的"大债主"多虑了。我虽然喜欢新鲜,却不喜欢麻烦。古往今来,权与钱便是麻烦的根源,京城这个地方,我本就只打算逛逛而已。

可是刚吃过晚饭便有事。

那时我和杜经年还在饭桌上聊天——这是我俩唯一能凑到一起的时候,不得不承认杜经年有一种常人难以比得上的地方,即是无论谁都愿意和他在一起。他应当是个幸运的人,就像一粒饱满的种子被种在最丰沃的土地里,又得到了最好的照顾,天地宽广安然,风调雨顺,它长出最漂亮的藤蔓,结出最丰美的果子。

他具有人人心目当中最好的一面,坦荡,天真,热情,直率,清澈。

他正跟我讲解桌上一道道菜的名目,便有下人来报,说门上递来一位闵大人的帖子。

"闵大人?哪个闵大人?"

"来人衣摆上绣着星图,怕是星寮的。"

"闵行之大人?"杜经年站了起来,匆匆去整衣冠,临行交代我,"这位大人是星寮第一人,据说早已入神仙境界,从来没见过他和谁往来,这下找来不知有什么事,我去看看……"

我咬着筷子点点头,不知为何,"星寮"二字,有点儿耳熟。

然后,我想起了某个慈眉善目的老人家。

几乎是立刻,我推开了饭碗,往房里冲,冲之前不忘捉住一个丫鬟的衣襟:"如果你家少爷带谁来找我,告诉他我已经走了!"

做贼心虚,指的就是现在我这种情况。我敏捷地打好包袱,同时将"燃生花"点着。夜幕刚刚降临，它发出一道闪电般的光芒，直冲天空，绽开一朵巨大的烟花，化作流星点点落下。

非常非常美丽。

我怔了一怔才想起此时应该赶快逃离这是非之地。

没有让我等多久，那人来了，比我想象的快，也比我想象的大胆。没有像上次一样化装潜入，他戴着斗笠，直接掠进来，拖住我就走。

杜家的护院也不是吃闲饭的，立刻发现了。杜经年也从厅堂冲了出来，一脸担忧。

让朋友担心是不对的，但当我看到随后走出来的那位老人家，立刻打消解释的念头："快点儿！"我对来人说。

来人一把抱起我，然后我看到了他的脸，差点儿叫出来。

靳初楼！

他已掠起，巨大的、连绵的屋宇被甩在后面，猛地一折，"笃"的一声响，一件乌溜溜的暗器嵌进旁边的柱子里。

"抱紧我。"他道。

我立刻抱紧他。

然后，他拔出了剑。

我喜欢看靳初楼拔剑。

他一拔剑，好像天地都矮小，万物都退后，苍生都俯首。

没有什么能伤到他，也就没有什么能伤到我。我安安心心地把自己挂在他身上，还在肩窝处找了个舒服的位置放脑袋。

他好像又僵了一下。

耳边呼呼响，他的速度很快，我安然地看着他的侧脸，忽然想起上一次离他这么近，还是在扬风寨。

还是我跳崖那一次。

他的胸膛和怀抱，还是这样温暖。

"我们在逃命。"他冷冷道。

"我知道啊。不如你拿我当肉盾好了，他们知道我是小年的好兄弟，不会伤我的，我再跟他们说你是来带我私奔的，误会不就化解了吗？"

靳初楼突然停了下来，我以为他肯采纳，结果他带我闪身进了一条小巷。

在灯光照不到的暗处，他做了一件我怎么也没想到的事情。

哪怕楚疏言突然满口粗话、莫行南突然抱起了书本，我都不会这么吃惊。

他在脱我的衣服。

"靳初楼，我们在逃命。"

"我比你更清楚。"他声音清晰，手上却毫不含糊。

衣带繁复，是杜府丫鬟为我系的样式，好像有个名目叫"穿花蝴蝶"，很是流行。他左解解不开，右解解不开，干脆拔剑，一剑两断。

"我第一次知道你的剑还能这样用。"我目瞪口呆，叹为观止，"但我们能不能换个地方？"

"没时间了。"靳初楼一脸想捏死我的表情，后来大概又觉得捏死我是种损失，或者是捏死我会脏了他的手，他松开了我，扯下我的外袍裹住他的剑，抱在怀里。

欸？

在我反应过来之前，他已抽身而起。

"在这里等我。半个时辰后我回来找你。"

声音还在空气中回荡,人影已经不见了。远处,杜家护院发出惊呼:"在那边!"

我呆呆地看着他们远去的方向,长风吹过,寒气透体,逼出一个老大的喷嚏。

树上有只乌鸦,"哑哑"叫了两声。

什么啊……

我捡起一块石子丢过去,乌鸦没砸着,院子里响起雄壮的一声吼:"哪个小兔崽子?给我滚出来!"

我一溜烟跑出了巷子。

大街上人来人往,热闹非凡,我却莫名觉得有点儿凄凉。找到一家当铺,我把身上的绸缎衣裳当了,另买了一件肥大的棉袍,把自己裹起来。

铺子里的老板娘殷勤地捧着镜子,一脸同情:"被打劫了吧?"

你才被打劫了!

夜市十分热闹,我把兜里剩下的钱变成了一堆荷包香囊扇子外加一串冰糖葫芦,心情就好了许多,最后打算买一只画眉鸟时,忽然来了一队人马,让大家收摊。

该队人马,人是甲胄雪亮,红袍如血,马是高大不凡,很是神骏,乃是大名鼎鼎的金吾卫,京城一道美丽的风景线,今天却是行色匆匆,不知道有什么要紧事。

这么想的显然不止我一个,爱看热闹的也不止我一个。

很快,街上的摊子收得差不多了,可没人舍得走,都挤在一块儿,看金吾卫把两条长长的栅栏放在地上,发出沉闷的响声,地面似乎都抖了一抖,竟是铁铸的,然后将士们持枪而立,守卫得十分森严。

我伸长了脖子想看得更远一点儿,问身边同样伸着脖子的小贩:"那是什么地方?"

"西大街啊!"

"再前面呢?"我指着前方极醒目的一座楼,它耸立在夜色中,高近百尺,仿佛已经抵达天际。

"那是星寮的摘星楼。"我身边一位长者道,"难道今晚星寮有什么要紧事吗?"

星寮?

我眼前顿时出现那位闵大人的慈眉善目,脚底也立刻抹油,片刻不想多待。

只是临去之时,忍不住再望一眼那高楼。

真高啊!

仿佛已经直抵星辰,背后便是繁星如梦,数也数不清。但就在我收回目光的那一瞬,眼角余光瞥到一颗星挪动了位置。挪位的时候起了一层淡淡的流光。

虽然短暂,但我看到了。

对于一个晚上无论如何也睡不着觉的人来说,星星是最好的伙伴。我常常可以仰望着星空任一整晚的时光流淌过去。因为太过熟悉,那些星星就像我的邻居一样,我清楚地知道它们应该待的位置,也清楚它们不应该待在什么位置。

那一瞬,一把火腾地自心头涌起。在我自己察觉以前,眉头已经皱了起来。

"太冲盈虚,万物没兮!"

这八个字是我说的吗?脑子里有模糊的怀疑。然而这怀疑也不过是一层雾气，转瞬被体内涌出的风吹散了。

风。是的，风。

我的身体里面突然有了风。

错了。风应该是从背后来的，再不然从前面来也好……好吧，无论怎样，为什么我觉得全副肺腑都遇上了龙卷风？那样巨大的疼痛和黑暗，就像是滔天的巨浪，我傻乎乎地站在那儿，连逃跑的力气也没有，只能任凭它兜头罩下。

四下里一片黑暗。

世界无声。

当我再一次睁开眼，身边拥挤的人群，已经退到离我至少一丈开外，个个圆睁着眼睛看着我，好似看到了怪物。

当我看到眼前的人，我立刻就原谅了他们的目光。

那是光阴教主身边的十四。他就站在我面前，比他更近的是他手里的剑，剑尖就指在我的咽喉上，一股冷厉的寒气自剑尖透出，我的脖颈上的皮肤立刻起了鸡皮疙瘩。

"又是你。"他的声音沙哑，"你果然想害死教主！"

这是哪儿跟哪儿？少年，你是不是想得有点儿多？

我一头雾水，但人家长剑在手，我还是少不得要赔笑："大哥误会了。我跟你家教主往日无冤近日无仇，害死他又没有人给钱，我干吗要做这样的事？"

"但你为何要破坏法阵？"十四眉毛一扬，眼中掠过一丝寒光，我心上一寒，然而，便在此时，有人远远地道："住手……住手……住手……"

那人一边跑，一边喘，居然是那位闵行之大人。

难道我命中注定摆脱不了这位大人?

然而此时不是怕老人家拆穿我的时候,我连忙道:"大人救命!"

"住手……"闵行之气犹未定,先把我从剑下拉了出来,气喘吁吁地向十四道,"要救你家教主,可万万伤不得这位星相士。"

十四皱眉:"就是她破坏了法阵!她身上衣衫无风自动,和你们一样会结奉天法印,她——"他恨恨地瞪我一眼,"该死!"

"唉,误矣,误矣。"闵行之大摇其头,只管携了我的手往星寮去,"星相士请随我来。"

哪怕他要带我去大牢,我也不要离开他半步。

十四眼中的寒光太可怕了。简直比靳初楼还可怕。

此时此刻,我再一次肯定,靳初楼根本不曾想过要我死。

虽然在下面的时候,我很想上星寮看看,但真正要上去,我又很后悔。

因为它实在太高了。

爬了半天楼梯,我累得直喘气,闵行之安慰我:"快了,快了,已爬了一半了。"

我几欲跌下去。什么?才一半?

所以,你可以想象,当我来到这高楼的天顶,也实在没心情去欣赏京城的万家灯火点点如星,我只想瘫在地上死过去。

这是高楼的最上面一层,上面没有屋顶,四面只有围栏。围栏之内,有大小十数座祭台。凭我草草看过的几本命理书,约莫知道这是按九宫八卦的位置排列。而每座祭台上,都有九名弟子,每一名弟子手上,都握着一枚白玉玦。每一枚玉玦,都在夜色中微微发

光。

　　偌大的天顶，许多的人物，却没有一丝响动。唯一的声音，便是长风过处，衣袂猎猎作响。

　　这景象令我呆了一呆。

　　"这便是我星寮弟子所结的长天法阵。"闵行之的声音响在我的耳畔，"移星探命，谓之长天。我知道以星象之术窥探凡人命运是大忌，可是，除此之外，我已经没有别的办法了。"

　　他慨然一叹，忽然在我面前跪下："请星相士施以援手，救我星寮上下三百条人命。"

　　我苦笑着跟他跪了个对面，道："大人，你的话，我一个字也听不明白。"

　　老人的声音里有了一丝悲怆："星相士自江湖而来，可能不知道朝廷里的事。这光阴教主来自苗疆，身患奇疾，求我皇救命。天子隆恩，命太医们寻汤问药，得出药汤一副，但太医们言道此药至刚至猛，一定要选至阴至弱的时刻服用。我等的任务，便是为光阴教主找出合适的服药之机。皇上有命，光阴教主若死，我等也要跟着陪葬。请星相士慈悲，救光阴教主一命，救我等一命。"

　　如此我大概明白了，说："可……我并不是什么星相士……"

　　闵行之长叹一声："星相士要隐瞒到何时？除了星相士，谁能独力拨动星辰？除了星相士，谁能看穿我布下的沙盘？除了星相士，谁能以一己之身消弭长天法阵？"

　　我喃喃："我要是说自己都不知道自己干了些什么，你一定不会相信。"

　　闵行之只是磕头："请星相士救命。"

　　我叹了口气。

第三章 星祭

这么久以来行走江湖,我不是没碰到过麻烦,但每次都能化险为夷,这里头,除了有靳初楼的功劳,余下的,还要靠我自己。

搞不定就跑,是我的法宝。

然而这一次,我望向上面无垠的星空,以及星空底下静坐的近百名弟子,忽然觉得,好像跑不掉了。

这景象与这辰光,空空惑惑,我的脑袋,有些昏昏沉沉。

跑不掉,又为什么要跑呢?

"我不是什么星相士,"我拍拍闵大人的肩,扶他起来,微笑着道,"但我可以试一试。"

我一头扎进星寮的书库。

有不明白的地方,就去问闵行之。起初他往往要长篇大论,引经据典,费十二万分功夫解释一幅星图,而到后来,他只需要简单一提,我便立刻明白。

再后面我已经不用再去问任何人。那些书,那些图,那些从前放到我面前一定会被当成垃圾扔掉的竹签、龟甲、玉片……每一样都像是久别重逢的故人,我清楚它们的故事和预示,就像清楚自己的掌纹。

星寮的书库高极了,最上层的书要用梯子才够得着,房顶是一面巨大的琉璃,躺在床上就能仰天观星。

书库门太小,雕花大床进不来,所以只能用书搭一张床凑合。毫无疑问,这是我这辈子睡过的最舒服的床,迷迷糊糊抓起一本书就看,困的时候眼睛一闭,书重新变成床的一部分。

我简直想死在这里。

杜家树大根深,杜经年消息灵通,很快就找到我。找到便罢了，三番五次，无比磨叽，一定要打听出从杜家带走我的人是谁。

"连我家暗卫都能甩脱，一定是高手中的高手！他姓甚名谁？在江湖高手榜上排名第几？"

不是甩脱，是暗卫追到才发现人家只抱了件衣裳，这种蠢事当然谁也不愿说，于是一力夸大对方身手，搞得杜经年心痒难耐，不停烦我。

我被烦不过，放下手里的算筹，喝了口茶润润嗓子："你真想知道？"

杜经年猛点头。

"这可是江湖上最顶级的秘辛，你知道了以后万万不能说出去，否则会有杀身之祸知道吗？"

杜经年眼睛瞬间大亮，赌咒发誓绝不告诉第二个人。

我点点头，道："那人是靳初楼。"

杜经年真的惊到了："问武院的夫子、扬风寨的大寨主、天下第一剑客靳初楼？"

"哟，他名头有这么长？"

"还可以更长，比如'陛下最想招揽的高手''大将哥舒唱最推荐的前锋''江湖侠女最想嫁的人'之类。"

我呆了呆。现在的江湖侠女都这么想不开吗？嫁给靳初楼，和嫁给一把剑有什么区别吗？万一把饭煮焦了很有可能被罚在山顶跑圈知道吗？

不过……虽然又冷又凶残……可是……怀抱很温暖啊……

我端着茶杯，莫名地，心神有点儿荡漾。

杜经年把我的心神唤回来："那靳初楼为何要掳你呢？"

"哦，他太爱我了，可惜屡次求婚我都不答应，所以他不得不出此下策。"

　　我的语气十分平淡,如我所料那样,杜经年跳起来:"他他……你你……"

　　"唉,他确实是个出色的男子,奈何我已心有所属。"

　　这句话显然更令他意外:"你有喜欢的人?"

　　"人总是有感情的,我也不例外。"我对他微笑,"想知道那个在我心中胜过靳初楼的人是谁吗?"

　　杜经年用力点头:"谁这么惨?"

　　"远在天边,近在眼前。"

　　杜经年困惑了一下,然后才凝固住脸上所有表情,然后把关节拗得"咔咔"响,才能拿手指指着自己的鼻尖,嘴巴张了好几次,却发不出声音。

　　我笑得温柔极了:"对,就是你。"

　　"不……不可能……"杜经年努力想找回自己的声音。

　　"不然你我素不相识,我为什么要带你进问武院?为什么要和你一起回京?"

　　杜经年已经完全说不出话来了。

　　"我知道这很突然,你一定需要时间考虑。"我柔声道,"那你回去好好想想吧,想好了再来见我。"

　　杜经年全身僵硬地走了,走路时同手同脚的,看来吓得不轻。

　　呼——,世界终于清净了。

　　我把拨乱的算筹理好,正要重新开始的时候,灯光又被挡住了。

　　"咦,这么快就想好了?"

　　我抬头,看见一道修长人影,灯光把他的影子投在我的脸上。

我僵住。

刚才杜经年怎么僵,我就怎么僵。

我怎么忘了?消息灵通的不止杜家一个,杜经年能找到我,靳初楼自然也可以。

"呵呵呵,大债主,你怎么来了?"

"大概是因为太爱你了。"

靳初楼的声音波澜不惊,我一口茶险险从鼻子里喷出来,好容易才咽下去。"听壁脚不是什么好习惯啊,小楼。"

"我就在窗外。"

不是故意躲的就不叫偷听吗?凭你的身手不想让我们发现,就算挂在房梁上我们也一样看不到。

以上这种话,我当然不会说出口。

"跟我走。"

"这里又不是杜家。"

"星寮的麻烦比杜家还大。"

"不可能。这里明明比尼姑庵都清净。"

"你以为这里清净?那只是你感受不到罢了。不是贵族世家,是不可能进入星寮的,他们替君王望天象,一言一行,关乎天下气脉,一个不慎,就会惹来杀身之祸。你知道为什么你明明来路不明,闵行之还是要把你带来吗?"

"自然因为我是天纵奇才,他不忍将我埋没。"

靳初楼看着我,好像在看一个傻瓜:"近来星寮接到圣旨,要替光阴教主延命。你知道这光阴教主是什么人吗?"

我认真地回忆了一下:"长得很美、声音也很好听的人。"

他的嘴角有一丝冷笑:"光阴教,是天下唯一不受阅微阁管束的教派，处在苗疆深处，养蛊弄术，变化万端。每一任的光阴教主都有一身离奇的本领，只不过，他们每十二年必须服用绿离披，否则便会受蛊术反噬而死。"

"绿离披……"好耳熟，"难不成就是莫行南偷的那个绿离披？"

他点点头："若是他知道你和扬风寨的关系，你会有麻烦。"

我也点点头，一脸诚恳地问道："可我就是喜欢这里，怎么办？"

靳初楼看着我，顿了好一会儿，仿佛是在暗暗克制自己不要动手："我不会允许你自找麻烦。"

对，我的麻烦就是他的麻烦。

"喂，靳初楼。"我抬头看着他，"让我看看你的剑好不好？"

这是他在扬风寨一心想教会我的事，他怎么会忘记？在这一瞬间，他的眼睛深处有短暂的亮光，然后，将剑交到了我手里。

漆黑的剑鞘，上面没有花纹，也没有挂什么金的玉的剑穗，在它里面，安稳地躺着世上第一的宝剑。它之所以会在神兵榜上占据这样出色的名次，仅仅是因为，它是靳初楼的佩剑。

天下第一剑客。

这是江湖中人对他的称呼。

这剑冰雪一般，冷然侵体，上面可以清晰地照出我的面容。我慢慢摩挲着它，轻声道："你说过，剑便是你要爬的山。"

他没有说话，但目光落在剑上，却有了片刻的柔和。

"那观星恐怕就是我要爬的山。"我凝望他的眼睛，他的眼睛其实极美，如同深水，可以吸人魂魄，我微微叹了口气，把剑还给他,"所以,我不会离开这里。"

他的目光扫过一地的书籍:"我可以带你去问武院的观星楼。"

我托着腮:"可是……我又不喜欢问武院。"

他的眉头再一次皱了一下,我告诉自己得忍着笑。今天真是难得啊,这人的脸上,终于有这些情绪可看,这个人偶,终于有几分人气,这真是有趣的事啊。

然而,没等我高兴完,他的眼睛一下子冷下来:"走不走?"

呃?露馅了?我没有笑出来啊!哎,算了算了,现在不是反思的时候,因为他已经走了过来,捉住了我的手。

"喂——"

在我的呼喝声里,他将我拉了起来,然后猛然顿住,忽然放开,背过身去:"穿好衣服。"

仍是冷淡的声音,但尾音里好像有一丝奇妙的颤音。

我将被子裹成壳,里面是件白色单衣,领口系得松垮,确实不怎么适合见人,不过……"你可不是第一次把我从床上拖起来啊,靳老大。难道这便是传说中的害羞吗?"我问道。

"穿好衣服。"他又说道,"不要让我等太久。"

唉。

我只好慢吞吞地找衣服穿上,一面懒洋洋道:"我知道你的本事很大,可是,现在已经快天亮了,星寮边上可就是皇宫啊,你就准备这样把我带走吗?万一我半路喊一声救命,你——"

我的话没能说完,外面响起叩门声,有人焦急道:"星相士,星相士。"

是闵行之。

"怎么了，大人？我已经歇下了。"

"光阴教主犯了病，吐血不止，相士，请与我一起进宫观星吧！"

我一怔，这些天书是看了不少，做却没有做过……也许是我兴奋的眼神出卖了我的答案，靳初楼一把捂住我的嘴。

他的手指很长，一只手几乎捂住我一张脸。

"你是要自己跟我走，还是我把你敲晕后带走？"

不公平，他的声音很低，离我的耳朵也很近，淡淡的热气拂在我的耳尖上，我的脑子忽然有点儿晕乎乎的，很难清晰思考——这根本就是使诈。

闵行之道："星相士，我星寮上下的性命全在星相士的手上，求星相士救命。"跟着传来窸窣的声响，他竟在外面跪下了。

闵大人还是不了解我，设若我不想去，就算他带着全家老小跪下，我都不会去，设若我想去，他完全不需要跪。

我一点儿一点儿把靳初楼的手拉下来。

我的力气当然不可能和他的抗衡，我想他会任我拉开，是因为他看到了我的眼神。

他一定从来没看到过我这么认真的眼神。

"靳初楼，你能放弃你的剑吗？"我望进他的眼睛里，幽幽地道，"有些事情，是我们生命的一部分，对你，是剑；对我，是星。"

所以我要去。

我要将星空与我脑海里的星术连接。

我要将我脑海里的星海，去一一对应在天上的星辰。

光是想想，就兴奋得浑身发抖。

"而且,靳初楼,我想你是对的,我就是阅微阁给你的答案。"我仰起头,天上的星光透过琉璃顶,洒在我脸上,我慢慢微笑,"我不知道你的记忆,但它们一定知道。"

"而我,会让它们告诉我。

"你很快就会知道自己想知道的东西了,开心吗?"

第四章 观星

这是靳初楼的死穴，屡试不爽。

他会同意我去，我料得到。他要跟我一起去，我却万万没料到。

闵行之一听我有好友同行，即刻自动将其归入"星相士"一流，恭恭敬敬送上星寮弟子的袍服，方便他进宫。

"你难道对读星术也产生了兴趣？"

"万一皇帝要砍你的头，我救起来方便些。"他冷冷道。

"放心，我要死，也得是还完你的债之后。"

天亮后，我已经被十二层法衣包裹，头上密密地垂下璎珞，风吹来，衣衫飘飘欲起，璎珞泠泠作响。

据说这是珍贵至极的衣饰，只有星相士才能享用，多年以来一直当宝贝一样供奉在星寮最深处。

穿上它，我也变成了宝贝，被扶上黄金大辇，由二十四名裸着上身的昆仑奴抬往皇宫。

我开始担心他们冷，后来发现他们肌肉结实的背脊上很快沁出汗水。

这不关我的事。黄金啊，得多重啊，好想问靳初楼借剑用一用，削两块揣起来。

我照闵行之交代的姿势盘腿端坐，低眉垂目，手结法印，向着皇宫而去。天色阴沉，随后飘起雪花，道旁民众却是热情高涨，丝毫不见散去。

雪越下越大，风越刮越冷。

衣裳是极暖的，奈何我的头发只有齐耳长，挂在上面的璎珞被冻得冰凉，像一颗颗冰疙瘩。

我一面端坐一面瑟瑟发抖，在"不，绝不能让人们看到我在宝座上流鼻涕"和"管他呢，我要热被窝热手炉最好来碗热汤面"之间天人交战。

忽地，一股暖流油然而至。

这是我享用过数次的靳初楼的真气。

我讶然地看到他的一只手搭在步辇边，星寮弟子的袍服属于宽袍大袖，在风雪中飘飘若仙，面上照旧没有表情，谁也看不出他在运功。

靳初楼的服饰向来简单，不是黑，便是白，从无纹饰。他的衣物大半是由夕儿打理，而夕儿握惯了剑的手，显然是不懂得绣花的——当然，即使夕儿会绣，他大概也不会穿。

星寮弟子的衣裳是月白色，长衣外面罩一件银灰色外袍，宽袍大袖，衣带迎风，十分飘逸，望之如神仙。

靳初楼穿上这件衣裳，身上的冷硬剑气仿佛也消弭了几分。雪花飞舞，面庞光洁，不得不承认，他长得真是好看。

不是百里无忧那般如同蔷薇的嫣然，也不是光阴教主那黑夜红花般的艳色，而是一种玉雕般的冷冽之色，仿佛触手冰凉。百里无忧与光阴教主的美仿佛没有男女的界限，但靳初楼的五官，无论怎

样都不会让人想到女人。

这是一种属于男子的美。如初升的阳光，如秋日的树，如冬日的雪。

他大约察觉到了我的视线，掀起眼皮看了我一眼。"要装就装像一点儿。"他低声道。

"星相士，星相士。"另一边，闵行之着急提醒。

我马上坐正，宝相庄严起来。

黄金辇停的时候，我以为已经到了。结果，还只是宫门外，想进到皇宫里，再尊贵的星相士也得走路。

天大地大，果然是皇帝老子最大。

靳初楼执弟子礼为我打伞，白天不能睡觉的痛苦总算勉强减轻一点儿，但宫里的路绕来绕去，奇长无比，我忍不住道："设若光阴教主得的是什么急病，那么大夫还没到，他估计就已经去见阎王了。"

"宫里有太医。"闵行之纠正我的错误，"另外咱们用读星术总得等到晚上，是以不用着急。"

"那我们这时候跑来做什么？"我大喜，"赶紧回去睡觉吧！"

"没办法，圣上急召。"闵行之叹了口气，大雪天，他的额头却有了汗意，他歇了口气，小声问我，"星相士，今日读星，你有几分把握？"

"啊？"我抬头看了看天，"老实说，没把握。"

老人家头上的汗更多了，眼望着我，脸上有一丝苦笑："你要是当日说这句话，我定然不信，可是，未离小友，这些天我眼看着你从最浅显的入门到最精深的星阵，基础之弱，进境之精，俱出我的意料。实不相瞒，今天对于我来说，不异于一场赌博。以我的识人之能，赌你的读星之术。若胜了，你便是天下星术第一人；若败了，我们一起赴黄泉便是。"

我叹了口气："老人家，你赌得也太大了。"

闵行之竟然也叹气："只因我实在没有别的办法了。倾我星寮之力，也只能结一次长天法阵，而你一举便破了。"

提起这事，我真是无辜。当时我做了什么，事后半点儿也记不起来了。

于是，我只好叹息："好吧。死在天下最大的一座房子里，好歹挣回一点儿了。"待闵行之走得远点儿，我偷偷转向靳初楼，以方才闵行之一样的语气，问道："要从御林军的眼皮底下把我带出去，你有几分把握？"

靳初楼没有回答，他脸上有一种我从未见过的恍惚神情，让我吓了一跳。

若不是他转瞬即回过神来，我几乎要怀疑他被什么东西附了体。

靳初楼，连一丝笑或愤怒都欠奉的靳初楼，脸上怎么会有那样一种接近于惆怅的表情？

"没有把握。"他淡淡道，"不过可以试一试。"

这话好生耳熟。

大概星相士是个稀罕物什，一路上总有人围观，其中有一道视线，特别冷厉。

我的视线迎上去。

这是我从靳初楼处学来的盯人大法，集中精神，一眨不眨，一般人都会被盯到无地自容，转身走开。

但这位没有。是个年纪轻轻的姑娘，唇红齿白，衣饰华贵，身后有宫人雁翅般排开，来头不小。她高高仰着头，死死盯回我。

我深感厉害，皇宫果然不同凡响，处处藏龙卧虎。

"这是谁？"我偷偷问闵行之。

"那是十一公主，陛下最小的妹妹。"

"难道她跟光阴教主有仇？"所以讨厌来帮忙的我？

"她和光阴教主没有仇，只是和你有仇。"靳初楼淡淡地开口。

"啊？"我竟有如此能耐，仇人都结到深宫中来了？

"你既然对杜经年一见钟情，就该知道你的意中人是杜家嫡长子，未来的杜家家主。"

"所以？"

"杜家家主，历来都是要娶公主的。"

"……"

正说话间，某位被内定的驸马从前方迎上来，穿着朝服，正经得不能再正经，一脸肃容，眼睛底下挂着两只巨大的黑眼圈，显然回去之后就没有再睡好。

他直直地看着我，目光郑重，让我头皮隐隐发麻，产生了一种很不祥的预感。

"小岑，我想好了，不管你是不是开玩笑，我都决定娶你。"他抓住我的手，郑重道，"嫁给我吧，我会对你好的！"

我下意识看看十一公主。如果之前十一公主眼睛里喷的是火，现在飞的一定是刀子。

我又看向靳初楼，靳初楼却在看某一处宫室，看也没看我。他从进宫开始好像就有点儿怪怪的。

"咳咳,"还是闵行之出来解救我,"杜公子,星相士是来读星的,有什么话,等之后再说如何?"

杜经年松开我,还顺手替我理了理璎珞:"小心些。我在下面看着你哟。"

还"哟"!我忍住冒出来的鸡皮疙瘩,终于体会到一点儿杜经年当时被我吓着的心情。我微笑地瞄了一眼还在那边远远瞪着我的十一公主:"好兄弟,告诉我,你碰到什么麻烦了?"

杜经年心一横:"今天一早张丞相就来探我爹的口风了,陛下有意把十一公主赐给我——那个麻烦精,我看到就要绕着走!好兄弟,我会好好对你的,以后哪怕是青楼我也带你去逛!"然后他凑近一步,低声叮嘱,"万一她来找你,你可得帮我兜着点儿!"

说完,他给我一个恋恋不舍的眼神,一步三回头地走了。

想不到他的演技这么好,我真是叹为观止。

"咳咳,星相士……"不小心旁观到一出三角恋情的闵行之额头的汗更多了,"这边请吧。"

我要是天神,一定可以听得到他内心的呼唤:"千万不要出事,千万不要出事,相爱相杀都请先观完星……"

没关系,有天下第一剑客,我就不信还有人能找得了我的麻烦。

然而一回头,连靳初楼一片衣角都没看到。

光天化日,靳初楼居然失踪了。

太监将我们领到一处偏殿,在里面我看到了星寮常用的种种法器。

显然，这便是星寮在宫内的地盘。

"星辰属于夜晚，我们也是。"闵行之道，"星相士请稍事歇息，清心养身，以备读星。"

"慢着。"我拉住他的袖子，露出甜蜜的笑容，"大人，既然有时间，不如教教我读星好不好？"

闵行之露出一个近乎凄惨的笑容。

他身后的弟子全体脸色发白，好像随时都会晕过去。

不管怎样，我总算在这短暂的时间内学会了读星术的架势。看到这些人惨白的脸，我好心地安慰大家："放心吧，你们每一个人都是官宦子弟，家里有大把的银子大大的官，皇帝也不是昏君，怎么会为了一个苗疆人杀你们呢？"

闵行之长叹一声："你有所不知。光阴教主有一身奇特蛊术，能令人见到死去的故人。"

头一次听说人有这样的本事，我真是又惊又喜。这样的话，他不是可以让靳初楼见到他死去的爹娘？靳初楼找回身世，那我岂不是可以真正自由？

"陛下想见皇后。"闵行之叹息般道，"可惜光阴教主不能令皇后死而复生，否则，要陛下拿大晏去换，只怕陛下也是肯的。"

闵行之讲星图可以讲得绘声绘色，讲故事却是干巴巴，若是去说书，一个子儿的赏钱都赚不到。

但这个故事本身太有趣。

花皇后出身商贾之家，嫁与当时还是九王爷的皇帝为妃，可惜身染重病，没等到皇帝登基就去世了，同皇帝一起登基的，是她的衣冠。

不知道那位携着一套衣冠登基的皇帝，当时是一种什么样的心情。

"心情"是一种非常玄妙的东西,在人世这样久,我永远看不完,看不透,也看不够。

离天黑还早,我借口在院子里散散步,然后向一位扫地的小太监道:"施主,我看你颇有慧根,欲赐你一份引领之功,你可愿意?"

小太监被我威严的气势吓呆:"什……什么意思?"

"我要去个地方,你带路。"

我要去坤良宫。

这是皇帝为逝去的皇后所造的宫殿,多年来一直空置,皇帝勤于政务,多半在御书房安歇,偶尔会住在这里。

里面静极了,雪花无声地从天井上方飘落,触地即融化,因为这里很暖。

那位花皇后,一定是个怕冷的人吧?

我仰头看着雪花,心里面忽然有一种奇怪的渴望。

如果我死了,会有人这样思念我吗?

"星相士能不能关上门?"一个声音道。

这声音丝滑低沉,任谁听过一次就不会忘记。

殿中,光阴教主一身红衣,手抚过花朵。十四在他的身后双唇紧抿,手上搭着一件披风。

这是我第一次看到光阴教主的真容,他有一对长长的、斜飞入鬓角的眉毛,一双水光盈盈的、笑起来会微微弯起的眼睛,面若桃花。

那日在凉风院,我原以为他是上了妆,现在才知道他根本不用上妆。

真美人。

"我以为这里没人住。"

"确实没有人能住进这里,我是来照看我的花的。"

花在盆中微微摇曳,像蔷薇,又像芍药,总共结了两个花苞,一朵半开,一朵还未开。花茎很细弱,我总觉得再来一阵风它就会折断。

"星相士,你闻闻看,它的香气很特别。"

光阴教主的声音有种催人的魔力,他的指尖沁出血珠,血珠滴在花上,一股非常特别的香气散布开来,初闻是股淡淡的甜香,用力些却闻不到了,若有若无。

再嗅,脑海里却晕荡一下。

我看到一颗栗子。

栗子新鲜又饱满,极慢极慢地往下掷去。

底下有人在练剑,飞扬跳脱,凌空而起,玄妙得不可思议,靳初楼要是看了,一定走不动路。

栗子砸向那人,明明快要砸中脑袋,却被那人一旋身,抄在手里。

哎呀,可惜了呢。

"星相士,小心。"

光阴教主的声音唤在耳畔,我睁开眼睛,才发现我依然站在坤良宫里,眼前没有栗子,也没有练剑的人。

"这是……"

"醒梦花。我光阴教特有的宝物。"光阴教主微笑,艳丽不可方物,"它的香气能唤起人心最深处的记忆。"

这一定是我见过的最美的笑容。

在十四挡住我之前,我扑上去抓住了光阴教主的肩:"等我!我马上回来!"

然后我冲了出去。

我去找靳初楼。

皇宫这么大,屋子这么多,每一间都又深又长,我只好逢人就拜托,要宫人们一起帮忙找一个"个子高高穿星寮法衣带一柄剑"的人。

就在我想是不是要谎称有江洋大盗混进宫然后骗御林军一起找时,有个宫人气喘吁吁地道:"找到了!在那边!"

我连忙跟她去,却发现越走人越少,最后来到一处宫殿,古树参天,窗棂却缺了一半。

"靳初楼——"

我才开口,就顿住。

废弃的宫殿内,有人。

十一公主。华服盛妆的十一公主娇美动人,高高在上。

而带我来的宫人,已经跑到了公主身后。

我微笑:"原来公主在这里,好巧好巧,我不打扰公主了,这就告退!"

然而才转身,四个高大结实的嬷嬷挡住我的去路。

"怎么?有本事勾引经年哥哥,没本事见我吗?"十一公主下巴抬得高高的。

我想这不一定全是不屑,还有可能是因为——她比我矮,矮得小巧玲珑,像个娃娃,脸蛋儿也是粉粉的,让我忍不住拿手指头去戳一戳,哇,好软。

公主呆了呆,瞬即大怒:"放肆!给我把她拿下!"

所以话可以乱说，手不能乱动，嬷嬷们立刻把我架住。

"说！你是什么来历？为什么经年哥哥要娶你？"

"这个……"我迟疑。

"你知道这是什么地方吗？"公主逼近，阴森森地道。

我老实地摇头："不知道。"真没想到皇宫还有这么破烂的地方。真可惜啊，柱子这样粗大，要大树长上几百年才行吧？窗子上的雕花这样精美，要很多工匠呕心沥血才行吧？明明是很好的房子，却荒废成这样。

"二十年前，这里住着先帝最宠爱的婕妤和她的儿子三皇子。你可能不知道，在先帝的大皇子被立为太子前，先帝最喜爱的便是这三皇子，只可惜不知道他们怎么都死了，据说，是跳井死的，喏，就是这口。"

嬷嬷们将我押到井边，井台边生满杂草，井下幽深，深深地映出我的倒影。

"井水太深了，他们的尸骨现在还躺在里面，这里也被废弃了，再也没有人敢来……"公主低声道，"岑未离，你要不要下去陪他们？"

"你说的，是不是一个很漂亮的女子和一个很可爱的小男孩？"我盯着水面，认真地问。

公主脸色一变："你说什么？"

"他们还在这里，你过来看。"我抬起头，看着她微微笑，"小男孩还说要妹妹陪……嗯，假如他二十年前就死了的话，应该是你哥吧？"

"你……你别胡说……"公主后退了一大步，险些要躲进宫人的怀里，"里面什么都没有！"

"真的有啊，不信你过来看看。"

"我才不要！"公主尖叫。

明明怕得要死，还能强撑着指望把我吓着，真是可爱。

"其实我不怕死，死有什么？人谁不死？我只怕，我再也见不到我的小楼了……"

"小楼？"

"嗯，就是靳初楼，我正在找他……他是这世上最厉害的剑客，是我最喜欢的人……"

公主的眼睛睁得老大："你喜欢的人难道不是经年哥哥？"

"傻孩子。"我幽幽道，"人这一世只能喜欢一个人，我既已喜欢上小楼，又怎么会喜欢杜经年呢？"

"可是……经年哥哥说他喜欢的人是你……"

"胡说，他喜欢的人明明是你。"

十一公主的脸立刻红了："胡……胡说……"

"是的，我胡说的。"

十一公主立刻怒了。

"风好大，天好冷，这样趴在井边蛮难受的……我冻得脑子不太清楚，真的会胡说八道呢……也不知道杜经年喜欢的人到底是谁……"

小半个时辰后，我已经坐在公主的寝殿里，靠着暖暖的熏炉，和公主讲到靳初楼为了我有个棒棒的身体而逼我学剑术，而我为了考验爱人的真心决定从山崖上跳下去。

"真的跳了吗？"十一公主双手紧紧握着衣襟，激动不已。

"跳了。"

"啊！"公主惊叹。

我觉得我以后可以去当说书人，书名就叫《我和第一剑客的恩怨情仇》，书分十章，一章可以讲十天，不，十天都讲不完。

"公主，"宫人回禀，"有人找岑相士。"

公主很不高兴故事被打断，但来的是星寮的闵行之。

闵行之身后，还跟着靳初楼。

"小楼！"我欢快地扑向靳初楼，"你跑到哪里去了？我好担心你，你知不知道？"

靳初楼眼明手快，捉住我的手，用一种"这又是怎么回事"的眼神回我。

"你知不知道，我一刻看不到你，心都慌了……你不要离开我好不好？"我泫然欲泣。

公主在一旁感动得握紧手绢，眼眶发红。

靳初楼微微抬了抬眼，待要说话——不用问，不是"你闹够了没有"，就是"又发什么疯"，真让他开口，我这半个时辰的书就白说了！

也无暇多想，我踮起脚尖，堵住他的嘴。

靳初楼的身体剧烈地一震。

像是遭逢巨大的变故那样。

鼻对鼻，眼对眼，我清晰地捕捉到他眸子深处一闪而逝的光。

"岑未离！"

下一瞬，我的手腕差点儿被捏碎。

他的眉峰压下来，眸子里全是怒火！

"公主，我们先走了！"

我拖着他就跑，跑出寝宫后，连忙解释："别生气别生气，我错了我错了，可当时真是生死攸关啊，不拿你编个故事，我现在就被公主扔进井底了！"

我的话被他冷厉的眼神打断，这一刻我才知道，原来靳初楼真正生气是这样子的，眉头压得低低的，眸子里居然有一片水光。

意外地，活色生香。

"咳，别这么小气，"我用空着的那只手抚抚他的衣襟替他顺顺气，"玩笑而已嘛……"

结果，两只手腕都被捏住，并且用得能错骨分筋的大力。

"是不是什么玩笑你都敢开？是不是什么人在你看来都只是故事？"靳初楼的眼睛里有什么东西在涌动，声音压得极低，"岑未离，你有没有心肝？"

手、手、手要断了！而且，这是什么情况？在小说抄本里，被亲之后发脾气的，不都是女人吗？

"应该是有的吧？"我斟酌着答，搞不清楚他在抽什么疯，"靳初楼，脾气发完了吗？发完我带你去个地方，可以找回你的记忆。"

靳初楼咬着牙，看上去很想咬死我。

"是真的！"我指天发誓，"骗你让我一辈子吃不着辣！"

这个誓言相当霸道，我终于把两只手从靳初楼手下救回来。

"走吧。"

我随便揉了揉，将手笼进袖子里取暖。

"你没有。"靳初楼视线落在我的袖子上，语气笃定，声音很轻，自言自语。

"没有什么？"

他不再说话了。像是死心了那样。

我也无暇细问,真正的紧要关头就在眼前!靳初楼很快就会找回他的记忆!

坤良宫里,光阴教主还在等我,但靳初楼一看到醒梦花就变了脸色,直接捂住我的口鼻,把我拖走。

拖走还不算,直接闯进一间宫殿,把里面的妃嫔吓了个半死,我也不知道她是什么位分,赶紧装出一副肃容:"星寮办事,请速回避。"

"星寮"两个字很好用,妃嫔忙带着人回避。

靳初楼的脸色好像要吃人:"你闻了那朵花?"

"对,我闻着花香,就想起——"

"坐下!"靳初楼厉喝,脸色比刚才还要可怕。

我立刻乖乖坐下,啧啧,今天的靳初楼是吃了火药吗?而且,居然不逼问我想到什么?那么除了火药外他可能还吃错了某种药?

坐下后,靳初楼的手心立刻贴上我的背脊。

这架势我很熟,看来小楼有进步,知道刚才弄疼我了,只是捏了个手而已,也需要用这招?

"其实没必要啦……"我口是心非地说,大冬天里纯正的真气真是取暖圣器啊,暖洋洋的,"我们先去光阴教主那儿吧……那花可神了,我想起了一位少年,他在练剑,我用栗子砸他,结果没砸中……"

"醒梦花是苗疆和绿离披齐名的奇花,能勾起人的记忆,但有剧毒。"

"啊?"

"你中毒了。"

我立刻紧张起来："不会死吧？"

"死不了。"

呼。我立刻放松了，等等："那皇帝……"

"此事确实需要禀明皇上。"

"中毒了会怎样？"

"渐渐沉入幻觉，分不清过去与现在。"

那岂不是会疯掉？

靳初楼绝对不会允许自己疯掉。

"你想起的少年，是谁？"他的声音永远沉稳冷静，听上去让人特别放心，好像有他在，什么事情都能被扛下。

"不知道啊……我没看到脸，本来还想再去闻一下……"

"醒梦花真正对记忆起效只有一次，之后只不过是重温。"

"哦，这样啊……"我懒懒地应着，白天太漫长了，靳初楼的真气又太舒服了，靳初楼的声音也很舒服，瞌睡虫兵临城下，我全无抵挡之力，舒舒服服地沉入梦乡。

我梦见了那个少年。

他在练剑，身姿如玉树般挺拔。

我在高一点儿的地方，也许是树上，也许是房顶，我可以看到他梳得一丝不乱的头发，甚至可以看到他额上沁出来的汗珠。

可是看不到他的脸。

梦里我有一种特别奇妙的心境。一种隐秘的、悄然的、得意的欢喜。

我摸到一颗栗子，顺手掷向他。

他旋身，反手抄住。

到这里结束。

梦境特别吝啬，再多一眼都不肯给。

我非常幽怨。

但睁开眼睛，立刻把幽怨丢到了九十九重天外。

我一动不敢动，连眼睛都不敢眨一下。

我在……靳初楼怀里。

天，一定是做梦，一定是我还没醒，一定是！

他盘腿坐在地上，还保持着为我驱毒时的姿势，靠着柱子。妃嫔带人走得远远的，一丝影子都看不到，雪还在下，雪花无声地落在地面，远远地偶尔传来一声响，不知是什么发出来的。

靳初楼，睡着了。

运功驱毒特别累吧？我醒了他都没发现，眉眼低垂，睫毛出乎意料地长。

这是我第一次看到他睡着的样子，无辜无害，一点儿也不像醒着的样子。

梦里那奇异的心情还没有消散，我一点儿一点儿凑近他。

近到……咫尺……近到……可以息息相闻……

忽地，他的眼睛睁开了。

这人！清醒起来完全没有过程，一睁眼便是冷澈的。

冷澈地对上我近在咫尺的脸。

"哎呀！飞了，"我露出镇定的笑容，收回已经快要碰到他脸上的手，"好奇怪呀，大冬天居然也有飞蛾。"

"可以起来吗？"

当然可以当然可以，我动作利落得不行，只是腿不配合，还未站起就软倒下去——腿麻了。

我龇牙咧嘴，这又酸又麻的滋味真是够了。

靳初楼皱了皱眉，手抚上我的衣摆，准确地找到小腿。

"别别别别别……"

然而他怎么可能怜香惜玉？修长手指握住我的腿，几下揉捏推拿，又麻又痒又酸又胀，"啊啊啊啊——"我大喊。

他忽然顿住，有一个瞬间是全身僵硬的，然后就像被烫到了那样站起来，转身走开。

门外是飞扬的雪，风里挟着雪花扑进来，他的衣袖和衣摆向后翻飞。

临风而立，飘然若仙。

"好了吗？"过了一会儿，他沉声问。

"啊呀，还没，还不行。"

我说着，身子往柱子上靠，放肆地看着他。

靳初楼找了把伞，撑在我的头顶。撑伞的指节修长，雪花无声地落在伞上面，淡淡的天光映出他的侧脸。

我感觉这条路一直这样走下去，好像也没有问题。

风很大，雪花很轻，身边的人，是靳初楼。

造孽，我居然有走在靳初楼身边感觉还不错的一天，扬风寨的弟子们一定会以为我疯了。

然而他们永远不会知道啊，他们的大寨主在这一刻有着奇异的柔软和迷茫，却又坚定如山，如此矛盾，又如此和谐。

"小楼，你在想什么？"

"你觉不觉得这里很眼熟？"

"这里？"我迷茫环顾，这里的屋子高大得出奇，道路复杂得像迷宫。

"这里。"他的声音清晰,又缥缈,他的脸上也有一种奇怪的神气,他打量着这高大的殿室,视线一直延伸至殿外,在那儿,是天边紫蓝色的暮霭,以及暮霭底下连绵不绝的屋宇,连绵不绝的宫灯……然而,再多的灯也不能彻底充盈这深广的宫室。

它太大,太空旷。

若房子也有自己的心思,必定会觉得寂寞。

我忽然想起第一次醒来,他问我的问题。

"……有一间深长高大的屋子,烛光昏黄,一个女人坐在那儿哭,你,记得吗?"

"不会吧?"我睁圆了眼,"你记得的地方,是皇宫?"

"我不知道……"他的声音有一丝难得的不确定。

我呆呆地怔住,没有跟上他的步伐。

靳初楼撑着伞,等我。

是了,是了,还有比皇宫更适合这个人的吗?

空旷、寂寞、遥远的皇宫。

空旷、寂寞、遥远的靳初楼。

"靳初楼!"我跳起来,"你有可能是宫里的人!"

靳初楼不置可否:"何以见得?"

"不要问我,我就是知道!"我道,"你肯定是和兄弟抢江山失败了,也许是跳了崖,也许是投了河,失去了记忆,流落到宫外,一穷二白,东山再起,正好皇帝快疯了,你可以把江山抢回来!"

他面无表情地瞧着我。

我认真思索:"那我呢?也许我是你心爱的妃子,和你同生共死,一起跌落山崖……"

"嗒",头上被敲了一记,靳初楼头也不回地往前走。

"等等,"我追上去,"也许是妹妹?"

"……"

"不过我俩的竹牌又作何解释?"

"……"

"有没有可能是定情信物?"

"……"

"嗯,我知道了!一定是有神仙搭救我们,把我们带上望舒山,所以你才会在望舒山捡到我,哈哈哈——哎哟!"我捂住脑袋,怒视他,"喂,再不学会怜香惜玉你会讨不到老婆的!"

"闭嘴。"

回到偏殿,星寮弟子们都在,闵行之却是过了好一会儿才回来,并且是气喘吁吁,原来他兜兜转转又在满世界找我。

我体贴地等他喘好气,告诉他醒梦花有毒的事。

他立刻又喘了起来,连忙去求见皇帝。

有弟子问:"那还读不读星了?"

"我也不知道。不过看这雪下的,估计是不行了吧。"

就在我说完这句话的一炷香工夫后,雪渐渐停下来,乌云慢慢散去,露出漫天星辰。

一定是我从来没有拜过天地的缘故吧?

而后闵行之回来,一脸急痛之色:"陛下说,知道了。"

"知道了"是什么意思?

靳初楼微微皱眉:"看来,皇帝一早知道此事。"

我愣了愣,然后由衷敬佩。明知有毒还甘之如饴,不是一般人

能做得出来的事。

"我大晏要完！主上是位昏君。"我叹息，然后问靳初楼，"大寨主，你要不要造反试试看？我可以给你当国师。"

"不要胡闹。"靳初楼一如既往毫不风趣。

闵行之长吁短叹："陛下有旨，读星势在必行，那毒物之事，看来只有请出清海公了。"

清海公清和的大名我也听过，不过听闻他自皇帝登基后便时常云游在外，身为一等王公，却比任何人都逍遥自在，哪里是想请就请得到的？

闵行之自然也知道这一点，面色越发愁困，连宫人送上来的饭食都提不起胃口。我却是饿得紧，结果一打开，精致的食盒里有着无比"精致"的晚饭——清水一碗，果子两枚。

当真以为星寮的人都不食人间烟火吗？果然是昏君！

"有核。"靳初楼凉凉地提醒。

但是晚了，我狠狠咬下一口，感觉牙已经不是我的了。

靳初楼用一种"我就知道会这样"的眼神看我。

忍痛啃完了两枚果子，我瞄上了靳初楼面前的果子。

靳初楼一个都没动，我笑眯眯表示我可以帮忙解决。靳初楼几不可见地动了一下眉毛，算是同意了。

我伸手去抓，却被按住，咦？为两个果子出尔反尔？但不是，靳初楼盯着我的手腕。

确切地说是盯着我手腕上的瘀青。

由于常年昼伏夜出，我的皮肤很白，不仅很白，还很细，随便磕一下就要青一块紫一块，此时此刻，上面的两圈瘀青十分显眼，像两只别致的手镯。

"别动,别用力,会痛,会断。"我严肃地道。

靳初楼有些生硬地松开手,不太自在地皱了皱眉,站起来,我下意识抓住他的袖子:"干吗去?"

他平时都束着箭袖,真是想抓都抓不住。而今天的大袖显然便宜了我。柔黄烛光中,他没有挥开我,只瞧着我抓住他衣袖的手,说道:"我去去就来。"

"什么好地方?我也去。"

"不行。"他简短地拒绝了我,然而拂袖而去,身形杳然如鹤,消失在迷宫一般的皇宫里。

闵行之最后一遍检视法器,并给弟子们训话,大家的脸上都有一股视死如归般的悲壮神情。我站在队伍的尾端,乖乖听着,身后忽然有人轻轻拉了我一下,随后一盘糕点放到我面前。

我发出一声低低的欢呼:"小楼,你真好。"

"吃吧。"他的声音淡淡的,自我脑后传来,"虽然不知道读星术到底是如何,但如此架势,只怕不简单。你不可大意。"

"嗯,这算不算道歉啊?"我歪过头来,笑得眉眼弯弯,"那你喂我吃啊。"

他的面容在昏黄烛火下模糊不清,眼睛却如秋水般清明,当一块散发着细细甜香的糕点送到我的面前,我还是不敢相信,他真的照做了。

我傻愣愣地维持着这个扭头的姿势,眼珠子都快要掉下来。那双修长的、坚定的、握剑的手,真的拈着一块糕。

而这块糕,真的在我唇边。

"我不是在做梦吧?"我忍不住喃喃。

是哪位神仙点化了他?靳初楼终于有了一丝人性!

"快吃吧。"他的声音里甚至有一丝清晰可闻的柔软之意,"闵大人已经出发了。"

队伍确实已经在开拔,排在我前面的一位弟子也踏出了宫殿,我所能做的就是一口叼走那块糕,然后飞快地跟上他们。

"这盘糕给我收着!"临行之前,我快速地、不容置疑地道,"等我忙完了再来吃!"

第一女官

第五章

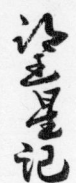

这是我第一次用读星术。

我甚至是今天白天,才知道读星要布钧天法阵,九名弟子各端九宫位,中央一阴一阳位,留给我和闵行之。

闵行之立在法位之上,脸上已没有了来时的担忧与慌乱,年过半百的他气度雍容,晚风拂动他的衣襟发丝,令他看上去飘然若仙。

他看上去仿佛和平时判若两人。

而我的心,也渐渐沉静下来。

周遭鸦雀无声,时光寂寂,长风过处,满天星辰灿然,如同露水一般,仿佛随时会滴下来。

对应着光阴教主的命星,身在主位的我,慢慢举起了手中的法玦,阵诀转动的一瞬间,我的脑海里已经清明如水,没有一丝杂念。

唯有星辰。

我离它们如此之近。

体内有凉风徐来,整个人轻盈得仿若要飞去。整个钧天法阵已经带动,弟子们的步法越来越快,但在我眼里,他们却越来越远。

后来人们告诉我,那一夜他们第一次见到有人平地飞升。微风拂起我的发丝衣摆,我在空中越升越高。

太医们终于找到了最适当的服药时机,据说光阴教主服下药后精神百倍。

只可惜,我没能看到太医们欢呼的场面。

当我醒来,已经在星寮,在我最爱的书床上,而背心处有暖暖热流涌入四肢百骸,舒服得让人不愿醒转。

这真气我享用过许多次,不用睁眼,也知道这是靳初楼。

为了多享受一刻,我没有睁眼,然而身后的真气却渐渐敛去。

唉,又被发现了。

我认命地睁眼,问:"糕呢?"

他却从随身的荷包里掏出一只小玉瓶,然后从玉瓶里倒出一粒深红色药丸。

我瞪着那药:"是我眼花了,还是你耳背?我明明是要糕。"

"先吃药。"

"好端端吃什么药?"

"想活着,就吃药。"

他的话音刚落,我立刻把那丸药吞了。药丸入口,齿颊生香,能让靳初楼贴身收藏的东西,当然不是凡品。我的前尘一片空白,真正做人的日子也不过两年,现在就要用这样的补药吊命,实在是让人忍不住悲从中来:"我中的毒很厉害吗?是不是你也没驱净?是不是就要死了?"

"不是醒梦花的毒,是因为你施的星术。"

"读星会让人短命?"我泪眼婆娑愕然地问道,"闵行之这么大年纪了都活得好好的。"

"因为你施的是天人之术,而闵行之不会。"他看着我,忽然问,"我的剑术好不好?"

这简直是在问"皇帝家有没有钱"一样。

我当然不能放过拍马屁的机会,忙道:"您是江湖第一剑客。"

"但这世上还有一种剑术,能移山填海,撼天动地。"

一把剑,移山填海?

饶是我想拍马屁,也夸不到这种地步啊。

但靳初楼的瞳孔深处,却有淡淡幽光,让我知道,他绝对没有夸张。

他随后问:"知道扬风寨的练功场是怎么来的吗?"

"……你不会说,那山顶是被剑削去的吧?"

他点点头。

"是谁?"

"我。"

我的下巴几乎要掉在地上。

"剑术越是精进,便越知道那一重境界。只可惜,我挥出那一剑,全身内力奔流而去,如果不是央落雪在,只怕我这辈子都不可能再握剑。"他深深地看着我,"你知道这是为什么吗?"

我呆呆地摇头。

"因为当初的我和现在的你是一样的。"他似叹息一般,"我们都掌握了某种不属于尘世的能力,但我们的身体只是普通的肉身。以凡人之躯,行天人之事,代价将是我们的性命。"

换任何一个人跟我说这些话,我都不会相信。但,他是靳初楼。

而当日在摘星楼下的情形仿佛还在眼前,我好像有片刻人事不知,然后光是爬楼就快要把我累死。

也许当时力竭,并不单单因为摘星楼太高。

可是观星,是我多么喜欢做的事啊。

"观星不是不行。"像是知道我在想什么,靳初楼道,"但不能再用读星术了。"

他说话时盯着我的眼睛,好像要把这句话钉入我的脑子里。

"可是不用读星术,你的命星怎么办?"

找不到命星,记忆怎么办?

"总有办法。"

对,任何事情,总有办法。我拥着被子懒洋洋地躺着,忽然想起一事,翻身坐起,去爬梯子。

靳初楼看惯了我发疯,处变不惊,还一手扶住梯子。

"哎,走远一点儿,再远一点儿,喏,到门口,去练剑。"

靳初楼顿时明白了,眸子里显出一丝光。

他拔剑,挥舞。

我找到合适的高度,无暇细看,顺手捞起一样东西就朝他丢过去。

是块龟甲,上面记载着星辰的秘密,但这时候它只是一颗栗子的替身,划过一道流畅的弧线,被掷向靳初楼。

靳初楼旋身,展臂,挥剑。

龟甲碰到剑锋,裂成两半,落地,有一半还在地上滴溜溜地打转。

我看着龟甲,不能说不失望。

靳初楼面色如常,看不出丝毫失望,声音平静:"你调养好身体,过几日我带你回扬风寨,明年的知书大会,我会向知书人问明你的身世来历。"

"哦,不要。"我坐在梯子上,朝着他笑,"早说过,记忆那种东西,对我来说还不如一个馒头。"

靳初楼皱眉:"你难道不想知道那少年是谁?"

"他是谁不重要啊,重要的是,是我回忆起他时的心情。"

那种柔柔的好像被春风吹过的心情。

心里面酥酥软软。

这便够了。

星寮上下完全把我当成了神仙看待,闵行之来见我时甚至慎重地沐浴焚香,他带来一个好消息:"未离小友天生智慧,星术无人能及,从今日起,入主星寮,官至从三品钦天监主事。"说着满面是笑,"恭喜大人。"

我转头看靳初楼:"小楼,瞧,我当官了。"

靳初楼面朝窗外,抱臂而立,头也没有回一下。

"大晏有女官吗?"

"岑大人确实是头一个。"

"我这个官儿,俸禄有多少?"

"从三品官员,食禄八百石。"

"八百石……"我笑得眉眼弯弯。好,从今以后都不用为糊口操心了。

闵行之道:"陛下说,岑大人若是走得动,请进宫一趟。"

"她走不动。"靳初楼开口。

"小楼真是的,皇帝召见,哪怕是爬我也得爬进宫啊。"我笑眯眯地起床。

皇家的动作好快,官服已经送来了,外面的银灰袍服已换成了紫灰色,上面隐隐有一层珠光,显然料子极上乘。

"这是从三品的服色。"闵行之微笑,"老朽陪大人一起进宫。"

"岑未离。"冷冷的声音传入耳内,下一瞬我的衣袖被人捉住,靳初楼皱着眉头,几乎咬牙切齿一般,"你以为我有几颗药?"

"放心,小楼。"我拍拍他的手,望向他的眼睛,"我当然比谁都更希望自己活得好好的。"

但活着是为了什么?

是为了看有趣的人和事啊!

皇帝这种存在,我在小说抄本上看过,在说书先生的嘴里听过,在戏台上也看过,然而真正见到了本人,却反而觉得不像真的。他没有穿黄灿灿的龙袍,天气犹寒,他也只是披了一件朱红外袍,可见宫人说皇帝其实是武功高手是真的。他的头发绾得一丝不乱,薄薄的嘴唇抿起来的样子有几分冷厉,眉眼深刻,并不像昏君,也不像要发疯的样子。

他正在下棋,对面的人穿灰色衣袍,袖口露出一线洁白里衣,皎洁如天上的月牙,面容仍然年轻,两鬓却已微露星霜。

闵行之悄悄告诉我:"那是清海公。"然后拉着我的衣摆要带我跪下。

不等我跪,皇帝开口:"二位免礼。岑大人是天上之人,何须行凡俗之礼?"

"听说岑大人星相之术已达天人之境,清和来得迟了,无缘得见。"清海公微笑,面容清逸出尘,"岑大人这般法术,可是阅微阁的灵修吗?"

阅微阁?拜扬风寨那段不堪回首的往事所赐,听到这三个字我就忍不住往椅子上缩了缩,道:"不是。"

"那岑大人是在何处仙修?"

"就在星寮。"

"哦?"清海公颇为意外。

"爱卿,你可知有什么法术,能令人看到过往之人?"皇帝问。

他的声音里有一丝极轻微的颤意,但脸上丝毫不露端倪。如果不是跟靳初楼打多了交道,我一定看不出来,他问出的这句话包含多少期望。

他一问出口,闵行之就暗暗给了我一个眼神。

路上我们商量好的,暂且编套说辞,可不可行另说,先让皇帝远离醒梦花,这是为天下为黎民计,闵行之就算欺君也在所不惜。

可面对这样一张脸,我却无法把那套说辞说出来。

"不知道。"我看着皇帝的眼睛,"不过,这点光阴教主不是做得很好吗?"

皇帝放下手里的棋子,慢慢道:"那只不过是用蛊术唤出朕内心的幻象。"

原来他知道!

御书房的窗子正对着御花园,隆冬时节,草木大多凋零,梅花却开得凛冽,花洁白,枝墨黑,格外清新娇媚,在难得的暖日下散发出沁人香气。他凭窗而坐,衣袖缓举,背影萧索得宛若天地荒芜一般。

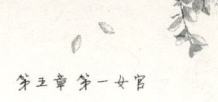

他轻声道:"即使只是幻象,也是好的。"

这声音里的凄怆与深情,令我说不出话来。

皇帝赏给我的东西,要十几个宫人才捧得完。

清海公送我出来。之前闵行之教过我,在皇宫,不可多走一步路,不可多说一句话,一个疏忽就有掉脑袋的危险,但我有一个疑问,一直忍了好久,还是忍不住问:"清大人,你知道醒梦花有毒吗?"

"醒梦奇花与绿离披齐名,一者是惑人的妖花,一者是救命的灵药。"清大人微微一笑,他笑起来当真是清逸出尘,"光阴教主是我请进京的,你说我知不知道?"

欸?

那我只有在心里默默地祝愿清大人您早日谋朝篡位成功了。

"放心吧,陛下还要给大晏一个太平盛世,他不会疯。"清海公看着我,更是看着闵大人,"武功练到某种境界,可以逆转筋脉,便能抵挡醒梦花的毒气。"

我听阿东说过这种境界,以及这种痛苦,不由得深深同情皇帝陛下——还不如发疯吧?

在这里回头,隐约还可以看到皇帝坐在窗前的背影。

仿佛隔着千山万水般遥远与孤独。高不可攀,深不可测。

忽然让我想起了靳初楼。

我的心猛然一跳,反身回到书房,一撩衣摆跪了下去:"皇上,我求你一件事。"

皇帝犹在看棋局:"讲。"

"我想去兰台看书。"

"我朝官员凡从三品以上,皆可在兰台行走,不必请旨。"

"可我……"我抬起头,直视他的面庞,"我想看兰台第九库。"

皇帝微微一顿,抬起头来:"那是皇家录闻,你……"

"皇后不在皇家录闻里吗?"

我无法用语言描述皇帝的眼睛在刹那间焕发的明亮光彩,那一瞬间,他的眼睛如烈日般灼人:"岑爱卿,若是你能,若是你能……"他的声音微微颤抖,无法说下去。

我忠心耿耿一叩首:"臣定当竭尽全力,万死不辞。"

这般卖力表演,当然得到了我想要的。

闵行之对我的行为很不解,出来之后,他道:"大人问我兰台诸事,原来是要去看皇家录闻。"

"嗯。"我欣赏着御花园的美景,笑眯眯地折下一枝梅花,"闵大人,我问你,在这皇宫,有几种人?"

他有些发愣,但还是老实答:"主子,奴才。"

是的,皇宫里只有这两种人。

很明显,靳初楼不会是后一种。

那么,答案便只有一个了。

我回到星寮的时候,发现屋子里有两个人。

一个坐,一个站。坐着的自然是靳初楼,他端着茶碗,以茶盖撇去浮沫,慢慢啜了一口。正是冬日午后,阳光自窗外透进来,光柱里细尘飞舞,他坐在光影里,半边面颊被照亮,他垂眉喝茶,听着夕儿在边上禀报扬风寨的事务。不过是随随便便坐在那儿,不过是随随便便端着杯茶喝,却无端地有种雍容肃雅之态。

正是这种姿态，令人能够在千万个人里头，第一眼便找出他来。

"……你要在外面听多久？"

里面忽然传出这样一声，声音这样冷淡，当然非靳初楼莫属。

"哎呀，夕儿来了！"我欢快地跨入门内，"夕儿一路辛苦了吧？肚子饿不饿？渴不渴？累不累？"

"多谢岑大人关怀，夕儿一切安好。"夕儿行礼，"夕儿恭喜岑大人高升。"

"没想到靳老大的嘴巴也这样快。"

"倒不是夫子说的。夕儿一到京城，便听闻岑大人法力通天，成为我朝第一名女官。"夕儿脸上露出微笑，"数月不见，岑大人如此风光，想必不会再记得扬风寨了。"

夕儿和靳初楼待得久了，脸也和靳初楼一样冷冰冰。除了靳初楼以外，很少有人能见到她的笑容，我作为在扬风寨白吃白喝还劳她照顾的一员，当然也一样。这应当是我第一次见到她笑。她的面容本就清秀，笑起来颊边梨窝隐现，纵然脸上微有风尘之色，也掩不住这一笑的清丽。

她从未有过这样的好脸色给我看，我简直要受宠若惊。

然而靳初楼却淡淡道："岑大人会辞官的。"

夕儿脸色微变："为什么？"

"因为她这样的人要做官，不过是在找死。"靳初楼眉眼淡淡，瞧也没瞧我一眼，"你去把京城的兄弟都召来，今夜将岑大人劫走。"

"小楼，我有八百石的俸禄……"

他眼也不抬："我给。"

我上上下下将他打量:"你很有钱?"

"养你尚可。"

"我眼下是八百石没错,将来万一做了正三品正二品正一品的,俸禄也会水涨船高的哦。"

他终于正眼看我,慢慢道:"你不会有那样一天。以你的性子,不出一个月,你便会厌烦这身官服。"

"谁说的?"我一扬袖,"我对这身官服很满意。"

这辈子都没有做过官啊,大晏朝第一个女官,这大好的前程,我怎么能乖乖走人?而且,我忽然凑近他,意味深长道:"我当官,才能找回你的记忆啊!"

大概是这招用过太多次,他这次并不动心,看也没看我一眼,只吩咐夕儿:"替大人收拾包袱。"

完了,这是要强抢朝廷命官!

就在这时,外面有弟子禀道:"大人,有位杜公子来访。"

杜经年真乃我命中贵人也!

"我眼下有事,待会儿再与你细说。你和夕儿只管好好留在这里住几日,须知这可是我的地盘,总要让我一尽地主之谊。"我一面说,一面撤,远远地还道,"莫急啊,多喝两杯茶——"

杜经年见到我,表情十分复杂,介于想冲上来抱我一下和揍我一拳之间。

"你倒是活蹦乱跳,害我担心你好几日,连觉也睡不好!"他一脸愤愤,"还有,你到底和十一那丫头说了什么?"

呃……

"就是女儿家之间一些体己话啦。"我连忙宽慰他,自然是他貌若潘安风流倜傥,十一公主才会对他一片痴心死不悔改,正好弟子请用膳,我赶紧岔开话题,"吃了没?饿不饿?我们星寮的素菜是极好的……"

杜经年岂是会客气的?即便我不留客,他也自动坐下了,夹了块藕吃,甚有胃口的样子。我却食不知味。

再也没有人比我更清楚靳初楼了,除非我把他的记忆还给他,否则,他不会真正放我自由。

他会让我按他说的去做。说话无效,还可以使用暴力。

我当然不是对手。

再好的素菜也是素菜,越吃越不是滋味,正要吩咐人做几样鸡鸭过来,杜经年已道:"小岑,还记不记得我家的酒酿鸭子?我记得你喜欢得很,我下午让厨子过来,好不好?"

我眼睛一亮,拍桌而起:"好,太好了!"顺带将他也拉了起来,"何必等下午呢?现在就去你家!"

杜经年看看手里的饭碗,再看看我,终于还是多日相处的经验有用,他展颜一笑,和我一起冲出了星寮。

于是我很快吃到了酒酿鸭子。不单今天可以吃,明天也可以吃,后天还可以吃。只要我愿意,天天都可以吃。

不是杜家的厨子到星寮去,而是我住到杜家来了。

没错,我早该想到杜家这棵大树好乘凉的。

原来的屋子还留着我的东西,连包袱也不用带一个,便能住得舒舒服服,大白天又是进宫又是吃饭,累得我倒头便睡。入夜之后我准时醒来,并不意外地在房间里发现一个人影。

换作别人恐怕会尖叫,但连第二眼都不用瞧,我便知道是靳初楼。

哪怕只见到一根头发丝儿，我都晓得是他。

不错，最熟悉猫的，永远是老鼠。

他好整以暇地坐在靠窗的椅子上，淡淡问道："你准备在这里住到什么时候？"

"假如我要一直住下去，你不会准备来劫人吧？"

他没有作声。

"只可惜，这里是杜家，不是星寮。"我靠在枕上，懒洋洋道，"这里便是你最不愿意得罪的官府哦。"

他仍然静默，良久，道："你可知道我为什么不愿意得罪官府？"

"呃？正所谓穷怕富，富怕官，虽然靳老大你很有钱，难免也有怕的人吧……"我的声音越说越低，因为自己也不太相信靳初楼真的会怕什么。

"因为这些年来，我的精力全放在江湖之上，官府或是皇宫，没有我的势力。"他淡淡道，"在江湖之上，无论你闯多大的祸，我都护得了你。但在这里，我只怕护不了你周全。"

静谧的冬夜，窗外的草木虽然无花无朵，但在极静之中，却也有一股沁人的幽香。黑暗中，他的声音如此稳定清晰。明明平淡得跟往常没有半点儿差别，为什么我却好像突然透不过气来？

就像一根柔柔软软的鞭子，将心缚住。

缚得极紧，偏又渗出一丝要命的清甜。

我忽然想到一件不该想的事。

我想到了他的怀抱。

温暖的、让人难以忘怀的、属于靳初楼的怀抱。

我赶紧捂住脸。

"怎么了？"

我知道他是练武之人，内力深厚，眼力也比常人好，我虽然看不清他的脸，他却一定可以看清我的脸。

也许他已经看到，我的脸已经红得像煮熟的螃蟹？

"喂。"我要深深吸一口气才能出声，然而声音却粗哑得把我自己都吓了一跳，"你过来。"

他大约也觉得意外，没有动身，只问："做什么？"

"坐过来又不会死。"

他终于起身，在我身边坐下，我看着他。

室内幽暗，外面只有淡淡的星光，隐约照出花园里层层叠叠的花草，大部分叶子都掉光了，枝丫清晰而直接地承受着星光，纤细，疏冷。

远处传来一两声犬吠，再远一点儿传来悠长的更声，那是更夫独自处于漆黑寒冷的深夜，而我在温暖的屋子里，靳初楼坐在我身边。

一股巨大的力量推动我——大到无边无际，又深沉又温柔，推动我的人，我的手，我的心。

我想抱抱他。

可连他的衣裳都还没碰到，我的手腕就被捉住了。"你干什么？"声音里居然有一丝紧张。

靳初楼居然会慌！

我一时半会儿难以消化这个事实，眨眨眼，又眨眨眼，我慢慢地放低了声音道："深更半夜，你闯进我的屋子，我还没问你要干什么，你反倒问起我来了……嗯，那你猜猜看，我想干什么？"

我可能从来没有过用这样甜腻的声音说话，身体仿佛被奇特的汁液浸泡过,又紧张,又甜蜜,仿佛要打开某种魔盒,里面会飞出极其神秘又极其吸引人的东西。一面说,我一面向他靠近。他整个人飞身后退,身法之快胜过往常任何一次,尚未落地站稳,已喝道:"岑未离!"

"哈哈!"我大笑起来。

扬风寨里所受的气今日一朝吐尽,一颗心简直要飞出胸膛,去九霄与星空里遨游。

我起身,走向他。

我进一步,他便退一步,直到靠上墙壁,退无可退,一双眼睛瞪着我,黑暗中看起来,有一片水光,异样地明亮。

"原来靳初楼也有害怕的时候啊……"

我像一只猫那样耐性十足地逗弄着一只老鼠。只是,靳初楼不是老鼠。

他很快便让我明白这个道理。

一抹寒光铮然出鞘。一把剑横在我俩之间。

"这不是一个姑娘家该做的事。"他的呼吸有点儿急促,但声音已经如平时一般冷静,"回去。"

现在猫鼠易位,我乖乖钻进被子里,问:"有没有人告诉过你,你煞风景的本事可以和你的剑术齐名了?"

靳初楼收剑不答。我忽然有点儿后悔在扬风寨没有好好练武功,不然,我现在一定可以看清他的脸色。

会红吗?

我忽然脱口而出:"不会从来没有女人这样对你吧?"

他不答,却问:"你有这样对过别人吗?"

呃?我低头思索。他却忽然转过身来,道:"还用想?岑未离，你……你常常如此吗？"

"不啊。我做什么事情你不派人跟啊？有没有你会不知道？"我无辜地看着他，"我只是在想，为什么我对别人不这样，对你却这样呢？我猜我大概是看上你了。"

我只是随便说说，他的身体却震了震，当然，靳老大的定力向来是很好的，震也只是一震而已，转眼他已经冷冷道："多谢抬爱。"

"我要真看上了你，也不坏吧？"我颇有兴致地道，"你看，你年纪不小了，也该成亲了。而我恰好是个女人，大家都挺熟的，在一起日子也比较好过……"

冷冷的剑锋打断了我的话，黑暗中靳初楼的目光中全是冷意："岑未离，不要开这样的玩笑。"

我好汉不吃眼前亏，立刻改换话题："日间我已经请了旨，可以去兰台看书，就算你要带我走，也得等我把书看完。"

不然请相信我，就算回到扬风寨，我也可以一天跑路三次并且方法不带重样的。

为表示我坚定的信念，我努力望进他的眼睛。

黑灯瞎火，只看得见他眸子里隐隐的水光。不知道为什么，让我隐隐有种凄凉的错觉。

一定是错觉吧？一定是！

也许是我坚定的视线起了作用，他收回了剑，也收回了目光："好。"

这么好说话？

"但有一个条件。"

我就说嘛……

"不要靠近坤良宫。"

"好!"

"答应得太快了。"

真难伺候。于是我低头发了一会儿呆,然后认认真真地道:"我岑未离保证不靠近坤良宫半步。"

他终于满意了。

兰台是大晏藏书之所,管理这个地方的官叫作兰台大夫,是个四品官,设若白天见了我,少不得还要行礼。不过现下是晚上,只有一个当值的留在这里睡觉而已,我来了之后,当值的干脆都撤了,守夜的差事顺便交给了我。

第九库记载的全是皇家秘辛,寥寥数笔间的故事容量,可以胜过一大叠小说抄本。

我裹着大毛披风,笼着黄铜手炉,看得津津有味。

杜经年隔三岔五就来找我,不外乎向我大吐十一公主缠着他不放的苦水,外加恳求我讲点儿义气舍身下嫁救他于水深火热之中。

"信不信弄假成真我真嫁你啊?"

"娶就娶啊!"

哼,你想娶,我还不想嫁。

我坐正,语重心长:"小年,其实我想过了,靳初楼对我痴心一片,我不能辜负他。我和他成亲,是一对神仙眷侣,一段江湖佳话,你不能坏我们的好事。"

杜经年呆了半响,点点头:"若果然如此,确实是喜讯啊……那要好好恭喜你们。"

我笑眯眯地拍拍他的肩:"不客气,礼金多备些就是了……"

话说到一半,差点儿咬到舌头。

因为我看到了靳初楼。

不知他何时来的。人倚在杜经年身后的书架上,怀里抱着剑,面无表情,瞧着我。

我笑容僵硬:"呵呵呵,小年,其实我是骗你的,靳老大是何等人物?其实是我对他一见倾心死心塌地生死不渝永不忘怀,而人家不一定看得上我呢——"

"那你干脆放弃吧!帮帮忙,嫁给我!"

"不!我是个有原则的人,喜欢上谁就是一生一世的事,我是不会轻易改变的!"

杜经年面露讶色:"还真没看出来……"

"每个女人都是一本无字天书,你什么时候能读懂什么时候就能成仙了。"我好紧张。靳初楼这个老古板貌似很不喜欢我这样胡编乱造,我一面应付着杜经年,一面还要远远地察言观色,以防靳老大突然暴怒。

但也许是他老人家今天心情不错,居然安安静静等到杜经年离开才走过来。

不知是有意还是无意,他避开了杜经年坐过的位置。

"什么茶?"他问。

"老君眉。"

"老太太的茶。"他微哂。

"雪水泡的。"我为我的茶正名。

他长手长脚,一手端起我面前的茶杯,尝了一口:"还不错。"

我:"……"

"靳老大，你……"我上看下看，并用力吸鼻子，"喝酒了？"

他不置可否，环视四周："你日日在这里，做什么？"

"当然是看书。"我答。

他的目光在周围书架上扫了一圈："这里也有小说抄本？"

我冷哼。

我并不是只会看小说抄本的。

我对皇家秘闻同样很感兴趣。

"莫要太小看我。我是天上文曲星降世，等我把这里的书看完，自己也可以动手写一本，必定惊天地泣鬼神，几百年后的说书先生还要靠我的书吃饭。"

"岑未离。"他忽然凑近，太近了，我清晰地看着他的睫毛飞翘，并且真的闻到一丝淡淡的酒味。他的眼睛深邃得如同漆黑夜空，他慢慢地道："你胡说八道起来，真是骗死人不偿命。"

太近了……空气全被他夺走，鼻息里全是他的味道。

直到他走了之后，我才回过神来，把脸埋进了披风里。

"记住你答应我的事。"

他最后一句话好像是这句来着……但我被逼着答应他的事也太多了，谁知道是哪件呢？

还有……

以后一定要找机会给靳初楼灌灌酒啊！喝醉的靳初楼……跟平时很不一样啊……

今晚的兰台很热闹。

靳初楼刚走不久，又一位客人上门了。

光阴教主。

有光阴教主的地方当然就会有十四,这次比较不同的是,十四看见我就深深跪下,用力磕了一下响头。

他磕头也和拔剑一样快,我想拦一下都来不及。

"谢谢你。"

十四看着我,认真地道。

"十四,我告诉过你多少次了,下次不管做什么,动作都要慢一点儿,温柔一点儿,不然会吓着人的。"光阴教主微笑着说。灯光下看起来,他的面庞越发艳丽,艳出一种化不开的感觉。"岑大人的救命之恩,在下还未谢过。"

我叹了口气:"不敢当。救你的是太医们的良药。而且我听太医说,你的病如今只算暂时压制,至于将来如何,仍是前途未卜,生死难测。"

"那又如何?至少我此时可以如常人一般,不会随时呕血昏死过去,这便很好了。"

我点点头:"也是。有些人一生下来便夭折,有些人活得生不如死,相比起来,教主大人已经算很幸运了。"

"有生之年,遇见大人,更是上苍垂怜,我很满足。"光阴教主笑着让十四打开椿箱,里面是各色点心与一壶香气扑鼻的果浆,"大人夙夜清修,也是辛苦了,先用点儿点心如何?"

实在是太棒的访客。

光阴教主说,晏帝能为他做的,已经做完了,眼下他打算回苗疆。他说,苗疆户户有花,农家有水,四季花开,终年都是春日。说那里的花从来不用栽,往地上一扔便能扎根,拿根绳子在屋檐下吊一枝仙人掌,不用水不用土,仙人掌依然长得很好,不是仙法,而是苗疆的空气中有水汽,有灵气,有仙气。

更别提还有酸汤鱼、竹筒饭、鸡豆粉,家家户户都会打糍粑……听得我吃着点心还觉得饿,赶快止住他,"快别说了,再说下去,我要跟你去了。"

"为何不呢?"光阴教主端着杯子微笑,"苗疆的风景与风情,大人难道不想去看看?"

他笑得很是平常,仿佛仍是说笑,但十四握剑的手却有点儿紧,看我的眼神也有点儿紧张,好像只要我吐出半个"不"字,他就要拔剑了。

我喝完最后一口果浆,也笑了:"教主,我为你占一次星,已经丢了半条命,若是再跟去苗疆,只怕就回不来了呢。"

"跟我去苗疆,就只能读星吗?苗疆有苗年、吃新节、闹冲节、爬坡节、牯藏节,苗人会吹芦笙、敲铜鼓、斗牛、赛马、唱歌、斗雀……我听杜公子说,岑大人以赏遍天下风景为乐事,难道不想试试?"

光阴教主说着,望进我的眼睛,他的眼睛斜斜上翘,眸子如宝石般乌沉沉,任灯光在瞳孔里打出无数倒影:"那日大人离开坤良宫的时候还让我等着,结果我等了许久也不见大人……大人,即便你不会读星术,我今夜也很想请大人届时与我同行,生死未卜,前途未知,我们自然要和有趣的人在一起,多做些有趣的事,对不对?"

"呵,"我把一块糕塞进嘴里,拍了拍手上的粉屑,"教主,这是勾引欸。"

"哧——"光阴教主往椅子上一靠,笑了,"可惜没勾着。"

"苗疆……我想我会去的,只是不是现在,现在,我还有事要做。"我看着眼前林立的书架，看着静静躺在书架上的书卷，视线一时有些迷蒙，"我还欠着某人的债啊……"

"是靳大寨主吗？"

我眼一睁，他知道靳初楼的身份了？

"呵，放心，冤有头债有主，带走绿离披的是莫行南，我不会牵扯旁人。再者，靳大寨主既然是大人的朋友，便是我的朋友，朋友的忙，我是一定要帮的。"

我狐疑地看着他。

"靳大寨主以三种续命良药为礼，要借我的醒梦花一用，大人不知道吗？"

靳初楼要用醒梦花？他明知道那花有毒！

"是要忍受逆转筋脉之痛，还是发疯的痛苦呢？"光阴教主叹息，"人哪，真是奇怪，明明已经过去了，还拼了命想要重温……"

"什么时候？"我问，"他和你约在什么时候？"

"明天。"说着，光阴教主眨了眨眼睛，"大人要来吗？"

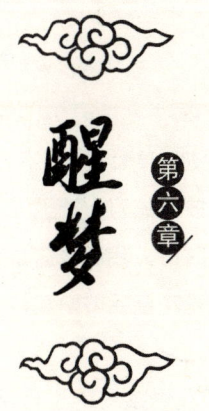

第六章 醒梦

要。当然要。

我甚至等不及天亮。

夜晚的坤良宫更加寂静,仿佛不是人间。但今夜门口居然有人,那人身材魁梧,披甲佩刀,端坐守卫。

在宫中混了这些时日,我认得这是禁军统领韩进。

据说,他的夫人是花皇后的贴身侍女。韩家因此受宠非凡,孩子的名字都是御赐的。

光阴教主亲自领我进来,韩进自然不会阻挡,只是沉声道:"莫要惊扰陛下。"

他的陛下,其实不会被任何人惊扰。

光阴教主教我用袖子捂住鼻孔,只要闻不到花香,便不会有妨碍。

夜色中,醒梦花幽幽地开放,一个穿朱红衣袍的人影卧在花下,睡得正沉。

衣袍上绣着五爪金龙,自然是皇帝。

这个人坐拥整个天下,却在这寒冷的夜晚,睡在冰冷的地上,和一株毒花为伴。

"千夜……"

他发出一声模糊的呢喃。

千夜……是皇后的名字。

花千夜,唐门家主唐从容的外甥女,花千初的双生姐姐。我已经在兰台看过关于她的记录,史官的笔触非常简单,写她因体弱而病逝,皇帝请来望舒山上仙,上仙将她带回望舒山救治,至今未回。

这到底是事实,还是皇帝自己的梦呓,谁也不知道。

皇帝很想念皇后啊,她一直活在他的记忆里。

记忆是个多么强大的东西,能令人虽死犹生。

我们站了一会儿便离开,皇帝向来勤政,卯时便要早朝,他很快便会起身。

"你说,靳大寨主的记忆里,会不会也有这样一个人?"离开大殿,光阴教主幽幽道,"所以他才不惜代价,也要一试醒梦花?"

也许吧……这般念念不忘,也许是真的有个人让他放不下,也未可知。

"……一间深长高大的屋子,烛光昏黄,一个女人坐在那儿哭,你,记得吗?"

深长高大的屋子,显然是高门大户,那必定是大家闺秀吧?从小被父母嬷嬷丫鬟们呵护着长大,琴棋书画样样精通,手指比春葱还要细嫩,笑起来一定不露齿,哭的话也只是默默垂泪而已……大概是,这样的吧?

靳初楼喜欢的人啊,应该是这样吧?

皇帝离开不久,靳初楼便来了。

在他进门之前,我被十四带到了偏殿——以靳大寨主的本事,还没有人能在旁边偷看而不被发现。

唉,有点儿遗憾。

今天阳光很好,十四在阳光下站得笔直。

我坐在门槛上,问:"你剑法很好,是不是?"

十四不说话。

"练一套来看看?"

十四依然不说话,却拔出剑,真的乖乖练起剑来。

其实我只是闲得无聊随口说说……

但他真练了,我看了半晌,摸起花坛里的一块小石子,丢过去。

"咔",小石子被一剑震开,碎成粉末。

不是。

在这个早上我有了一个新的人生计划,那就是走遍天下找出所有会使剑的人,然后向他们扔栗子。

十四不知端倪,一套剑法舞毕,问我:"我主人还能活多久?"

"我不知道。"我在明亮的太阳底下眯起眼,"太医没告诉你们吗?"

"他们说,也许一两年,也许一两个月。"十四深深地看着我,"但我想,你一定有办法。"

"别傻了,星相之术不是万能的,没有人能改变命运。"

十四没有再说什么了,我猜他一定很失望。

那座殿宇就在我的对面,大门紧闭,雕花繁复,在阳光下安静得不可思议。

我想，记忆会伴着花香，像是有形的物质那样进入靳初楼的身体。

然后他便会想起一切……一切他念念不忘，想重新回忆起来的人，事，过去，时光。

真好啊！

"喂，"即使是冬天的太阳，也太过明亮，晃眼，让我昏昏欲睡，我有一搭没一搭地找十四聊天，"你多大了？"

"不知道。"

"欸？"

"我是主人捡来的。"

我立刻心有戚戚焉："我也是。"

后来光阴教主告诉我，从来没有人和十四聊过十句以上的天，我应该引以为傲。当然，不排除十四是看在我帮了他主人的分上，给我面子，勉为其难。

很久很久，久到太阳快落山了，那扇门终于打开。

靳初楼走了出来。

我在夕阳的光线下眯起眼，仰脸看着他。

他今天穿的是黑色衣袍，箭袖，束腰，手长，腿长，挺拔如绝壁上的青松。

他神情淡淡。既没有大喜过望，也没有伤心失落。

不过，想想也是，想从脸上看出靳初楼的心事，除非太阳从西边出来吧？

但一看到我，他的眉头马上压了下来。

喂，你没必要在"厌恶"上面表现得这么明显吧？

坐得太久，我刚站起来险些摔倒，靳初楼身形一动，再眨眼时已经扶住我的手臂。

我弯眉微笑:"小楼,恭喜呀!"

俗话说,伸手不打笑脸人,多笑笑人家也不好意思冷着脸,可靳初楼就是靳初楼,他的声音冷到能将人冰冻:"你答应过我什么?"

"不靠近坤良宫半步啊,"我眉眼弯弯,"可我这不止半步,起码有几十步吧……"

那一瞬间靳初楼眼神凶得好像要捏死我。

我已经做好准备惨叫或是装晕,可他只是狠狠一瞪,松开我,转身就走。

咦?看来是找回了记忆,心情不错。

"小楼,小楼,等等,哎,等一下……"他的步伐太快,我追得好生辛苦,"你怎么样?要不要找个地方运功逼毒?没事吧?想起来没?想起什么了——"

我一路叨叨,谁料他猛然停下,我直接撞到他背上。

"岑未离,离我远点儿。"他的声音紧绷,压得低低的。

换成是阿东,听到这样的声音时,腿一定软了。

但我是岑未离。

我转到他面前,仔仔细细地看他的脸。

行将落下的太阳将未化的积雪镀上一层美妙的绯红,空气冰冷洁净,他的脸冷白冷白的。

"靳初楼,你记起来了吗?"

"记起来了。"他低低道。

这个答案比夕阳的霞光还要美好,我忍不住跳起来抱住他。

我的手还没碰到他,他就死死地握着剑柄,指节发白。

人家这样勉强，我脸皮再厚也不好意思继续下去，收回手，摸摸鼻子，但心里还是很替他高兴，好像找回记忆的人是我似的。不，就算是我自己找回了记忆，估计都没这么高兴。

"开心吗？"我问，"如何？你姓甚名谁祖籍何处家在何方？"

他看着我，一双眸子深不可测："岑未离，这和你无关。"

我还在笑，但嘴角感觉有点儿僵。

"你果然是阅微阁给我的答案，是你把我带到醒梦花前，多谢。"他看着我说，"从今以后，青山不改，绿水长流，若有什么需要，请上扬风寨找我。"

我觉得脸上的肌肉开始僵硬，但不要紧，依然可以笑。

"哦，这算不算过河拆桥？"

他不说话，眼神已经越过我，望向前方。

我不再挡他的道，笑着让开。

是的，我欠他的记忆，已经还了。

所以，我对他来说，没用了。

从此以后，井水不犯河水。

我自由了！

他走得很快，夕阳把他的影子长长地拖在地上。

我盯着那长长的影子，一颗心仿佛也变成了虚影，单薄，空旷。晚霞依然很美，美得像是刻意炫耀，有点儿刺眼了。

甬道长长，风吹起靳初楼的衣摆，他的背影笔直，渐渐远去，没有回一下头。

我想我也应该转身走开，并且，永不回头。

可我想想还是追了上去。

自从在扬风寨被罚跑之后,我对跑步这件事深恶痛绝,但今天,我跑得飞快,快得好像要飞起。

我跑到他面前拦下他,大口喘息,肺被空气刺激得辛辣。

靳初楼眉头深深压下,仿佛压着千万钧的物什:"让开!"

凶极了!仿佛恨不得我立刻从眼前消失。

但我没有走。

"小楼,你从来没有一口气说过那么长的话。"

我的一颗心突突跳,仔仔细细地审视他,不放过任何一丝细节,他的脸色比方才更白了一些,他的嘴唇抿得很紧,他的眉头死死地皱着——这不是正常的靳初楼。

一定是有事!

然而还不等我再开口,他猛然抱住了我。

借我一百颗脑袋,再借我一百个胆子,我也想不到会有这样一刻。背后是冰冷的宫墙,前面是温暖的胸膛,我的脸贴着他的衣襟,独属于靳初楼的气息扑天盖地将我淹没。

我终于抱到了靳初楼。

霞光霭霭,彩雾纷纷,夕阳把宫城照成神仙世界。

明知是现实,却以为是做梦。

直到后肩有什么东西渗进衣衫里来,温温热热的,我想抬起头,却被他按住,他的手死死地将我压在他的胸前。

我听到他的心跳,忽急,忽慢,像失控的锣鼓。后背的温热液体湿透了我的衣服,被寒风吹冷,新的又淌下来。

我想我是在做梦。噩梦。

我张了好几次嘴,却发不出声音。整个人都在发抖,慌乱无措只想看看他发生了什么事,可每一次都被他死死按住。

于是我终于迟钝地明白过来,他不想我看到他此时的模样。

我不能再动,不能再浪费他所余不多的力气。

"靳初楼,你……"我终于能开口了,一开口就哽咽,我死死抱住他,"你会死吗?"

头顶没有声息,只有按在头上的力量,让我确认他还活着。

"我死了,你就自由了。"

他的声音低哑而虚弱。

是啊,对啊。那我就无债一身轻了啊。我想这样说。最好带着笑意。可是舌头不听话,说不出话来,眼睛也不听话,眼眶又酸又涨,灼热的泪水滚落下来。

泪水渗进他的衣衫。

"岑未离?"

手上的力道轻了一些。

我不能抬头,也不能开口,全身力气都在控制自己的颤抖。

是逆转筋脉吧?

强行逆转全身的筋脉,他现在最需要的是找个安静的地方坐下来疗伤,而不是被一个蠢货缠着问东问西。

"放心,死不了。"

他的声音低沉依旧,镇定依旧,如果不是清晰地感受到他每说一个字身体几乎就要抽搐一下,我几乎真的要相信他没事了。

这个时候每说一个字都要吐一口血吧?

"靳初楼……你是个大笨蛋……我从来没有见过像你这么笨的笨蛋……"我明明想笑想开他的玩笑,却没想到哭得一塌糊涂,哽咽得不能呼吸,仿佛肺里全是又冷又硬的石头。我想这就是悲伤。可我完全来不及感受。我被它劈头盖脸一通狂砸,砸得体无完肤。

霞光消逝在屋脊的背后,黑暗慢慢涌上来,宫人们开始点亮一盏盏宫灯,走到近处,觑看:"什么人哪……"

"没看见本大人在忙吗?"

我从他的肩头露出半张脸,如果尾音里没有哭腔,这句话会更有威严一点儿。

但这足以使宫人们退去,风里隐约传来他们的只言片语:"星寮的岑大人……能通神……妖怪一般……"

要是真的能通神就好了,我一定要抓住天神的衣襟问他为什么要抹去靳初楼的记忆。

再不然我是妖怪就好了,我一定要帮靳初楼找回记忆。

"早知道……"我努力让自己的声音抖得不那么厉害,"早知道这么痛苦,我就帮你读星了……"

"闭嘴。"

他短促地低喝,然后,咳得更凶了。

我从来没觉得自己这么无能过。

"我不看你,靳初楼,我不看你……"我撕下一截衣袖,绑住自己的眼睛,"我带你去找大夫好吗?宫里有太医,太医一定能治好你……"

"岑未离,"他的声音有如游丝,"你闭嘴好不好?"

我很想闭嘴。但我发现我竟然闭不上嘴,我一定要说些什么,不然我会发疯。

我第一次见识到自己是如此愚蠢。

我从兰台的秘辛说到杜家的酒酿鸭子再说到扬风寨的大师傅,絮絮叨叨,神神经经,自己都不知道自己说了些什么。

直到马车辚辚声传来,车前灯笼的光芒映亮我的眼睛。

"什么人这么大胆,竟敢挡住公主的去路?"

驾车的宫人尖细着嗓音骂人,里面一个清脆的嗓音喝道:"小六子,你这么凶干什么?今儿个本公主心情好,别吓着人。"

"十一公主!"

听见我的声音,公主探出头,又惊又喜:"师父!"

我一点儿不知道自己什么时候成了她的师父,但现在哪有空管这个,我道:"马车借我用一下。"

"哇哦,师父,你们真是情深似海啊,但就这样明目张胆真的好吗?"十一公主轻快地跳下马车,满脸是笑,全身上下都冒着心形泡泡,顺便压低声音跟我道,"师父,我跟你说,我……我今天……今天把经年哥哥亲了!"

"很好。"我点头,"马车借我用一下可以吗?"

亲到了杜经年的十一公主没有什么事不可以,她开心地留下马车走了,走也走得乐淘淘,因为"经年哥哥也亲我了"。

"靳初楼,我不看你,现在,我扶你上马车……"

靳初楼没有要我扶,他自己上了马车,动作虽不如往日利落,但换个旁人来看,绝对不知道前一刻他还在吐血。

我带他到了兰台。

兰台最是寂静,再适合运功疗伤不过。

我给他烧了一盆热水,准备等他运完功送进去,但一直到水凉,他也没有运完功。

我一直坐在台阶上。

台阶冰凉,能凉到人心里去。

我抬头看着星星,想了许多乱七八糟的事情……公主亲了杜经年,杜经年亲了公主……我早看出来了,杜经年虽然每次提到公主都是一脸嫌弃,可是每次他都要提到公主……被喜欢的人亲了,一定也会亲回去吧?这是忍不住的,就像呼吸一样自然……

我心里凉凉的,想明白了很多事情。

背后"吱呀"一声响,门开了。

我回过头,看到了靳初楼。

淡淡月色下,他的脸如同玉石雕成,除了衣上还有一些血迹,已经和平时没什么两样了。

我不知道逆转筋脉的伤会持续多久,但如果我问,他的答案一定是"无碍"。

"小楼,你其实没想起来,是不是?"

靳初楼面无表情:"何出此言?"

我弯起眉毛微微一笑:"猜的。"

"你猜错了。"

他淡淡地道,经过我的身边,向外走。

"光阴教主会说实话的。"

靳初楼停下。

欸,猜对了。

"你曾经说过,你相信我就是阅微阁所给的答案,"我看着他的背影道,"我想我真的是。"

靳初楼没有回头:"若你用读星术,我会杀了你。"

"用读星术是死,被你杀也是死,有什么两样?"

靳初楼不理会我的咕哝,向大门走去。

"三天。"

我在后面道:"三天之后,我给你答案。"

靳初楼站住，慢慢地回身。

我知道，这是靳初楼永远无法抗拒的诱惑。

这是他唯一的弱点。

也是我俩之间唯一的牵连。

"三天？"

"没错，三天。"

"你如果敢骗我，我会杀了你。"

"知道，知道，我怎么敢？不过呢，说实话这主要还得看你的诚意如何……"

"你要什么？"

他的语气笃定沉稳，大概我说要天上的月亮，他也会去想办法。

"呃……先帮我揉揉腿如何？"坐得太久，天又冷，我的腿已经僵了。

靳初楼回到我身边，依言照办。

冻僵的身体对温度格外敏感，他手心的温热和力道让我的双腿慢慢舒缓过来。

让一个刚吐血的人干这种事，我真是太不要脸了，可是啊，再不干，就没有机会了。

这是我人生当中的黄金时光。

靳初楼俯首帖耳，对我的任何言语，莫敢不从——除了要抱。

一旦我说"抱抱我吧"，或者"让我抱一下"，他就会拔剑。

此剑一出，莫敢不从的人就换成我了。

但总的来说，这三天我过得意气风发，只觉人生的巅峰便是如

此了。

每天天一亮,我便酣然入睡。不必担心宵小自窗外吹入迷烟,也不必担心有什么蜘蛛飞蛾爬上床帐,因为江湖第一剑客会在我屋里打坐——它们胆敢现身,只见寒光过处,寂然无声,连丝幔也不曾掠动。

然后当天黑下来,当星辰显现,我伸个懒腰,披衣起床。自有热水热粥送到面前。

吃毕饭,便去兰台。

我的清晨,相当于人们的深夜,这个人世寂静无声,唯有大片的雪花轻轻飘落,压得枯枝发出轻轻的一声脆响。我一页页翻着书,手指冷了,就放在灯边暖一会儿。靠窗的小桌子上,红泥小火炉上面暖着酒。

我的酒量并不好,不过在这样冷的冬夜,确实是需要喝上两杯来暖身子的。

小桌上除了酒,还有一只小小椿箱,一箱四屉,放着几样吃食点心。到半夜饿了,我敲敲桌子,小厮靳初楼便会把东西送到我的桌上。

靳初楼便是坐在小桌边。如果我是他,这样干坐着一定会无聊至死。他却没有半点儿不自在,他端坐在椅上,间或倒一杯酒给我,或者倒一杯给自己,直至一个长夜的光阴从更漏间滑去。

我把看了一夜的书放回去,他也已经拿起我的厚斗篷,轻轻搭在我身上,替我绑好系带,将帽子戴到我的头上来。我的头发依然前齐额两边齐耳,十一公主送了我许多步摇发簪,一样也用不上,只有一枚碧玉发卡可以用一用,但头发既短且滑,"嗒",帽子一碰,便掉了。

好在靳初楼身手好，接住了卡子。

"把我的头发弄乱了啊。"我笑眯眯，"那就帮我梳好吧。"

"没有梳子。"靳初楼大有随便把卡子卡回去之意。

我从袖管里拿出一把檀木小梳，反问道："身为姑娘家，我怎么会连梳子也没有？"

靳初楼接过梳子，神情颇为讶异。

有什么好奇怪的？至少我也是个女的，偶尔也想试试当一个漂亮姑娘是种什么感觉，我的袖管里除了梳子，还有胭脂、香粉、耳环和一条珍珠项链。耳环闲置是因为我没有耳洞，而去穿的话……十一公主说即使穿了耳洞，头几天也是戴不了耳环的，项链则是因为天寒地冻，珍珠冰脖子。

可此时此刻，我有点儿想戴上了。

梳子滑过我的发丝，靳初楼在帮我梳头。一下一下，梳得缓慢，因为这是一双拿剑的手，很少干这样的活儿。

他比我高这么多，居高临下，如果我戴着耳环，戴着项链，珍珠和宝石会在灯光下发出柔美的光芒，而这光芒映到肌肤上，又将是多么美丽。

在这一刻，我终于明白了女孩子们想要好好打扮的心情。

我眼睛一眨不眨，看着靳初楼。在他的瞳仁里，我清晰地看到自己的影子。

灯光柔和，时光缓慢。

好想让天地日月与星辰全部凝固在这一刻。

然而我没有这样的法力，铜沙漏一滴一滴滴下来，靳初楼替我梳好了头，戴上碧玉发卡。

我嘴角带笑，眼睛微微发光。

"喂，靳初楼，你从来没有给女人梳过头吧？"

他没有答话。

"我是第一个吧？"

他依然不说话，将斗篷的帽子替我戴上，斗篷上镶着白狐狸毛，锋毛颤巍巍地拂过我的面颊，我向他微笑："可不要忘记我哦。"

人们大概都觉得晚上的皇宫万籁俱寂，其实不是的。

晚上，一队队御林军在巡逻，偶尔在甬道的交叉口碰到另一队，还会停下来打个招呼，聊两句天。每座宫殿都留有当值的宫人，小些的宫殿一个人当值，要么坐在壁角打瞌睡，要么弄碟花生米和一小壶酒打发时间。大些的宫殿一般有好几个人一起值夜，那便热闹了。

还有些屋子彻夜都亮着灯，那是某些宫人领了急命，通宵赶制活计。要是不小心摊上一个脾气不好的尚宫姑姑或是执事太监，骂人的声音在宫墙外都听得到。

有妃嫔养了哈巴狗，不论听到什么动静都要出来长吠一番。

最热闹的当数御膳房了，大灶上热气腾腾，大师傅甩开膀子在案板上揉面，满头大汗。每次我离宫的时候，差不多都能赶上第一锅炸面馃子出锅，御膳房的大太监往往要给我一盒子。刚起锅的炸面馃子，外酥里嫩，香气扑鼻，我一口气能吃五个。

这时候，天还没有全亮，但已经可以看到上朝的大臣们鱼贯入殿了。有睡眼惺忪的小太监正在扫雪，雪积得颇深，小羊皮的靴子踩在上面，"咯吱咯吱"作响。

我轻轻呼出一口白气："第二天了。"

又过去一天了。

每一天过去,都会令我有些感慨。

时光总是在消逝,然而我最想做的事,却还是没有做成。

我看了看静静走在我身边的靳初楼,长长地叹了一口气:"小楼,你要是肯抱我一下,说不定我今晚就可以把答案告诉你了。"

靳初楼淡淡道:"若是明天你不能给我答案,我会杀了你。"

这话让我忍不住将气叹得更长一些。

回到杜府睡过一觉之后,下午我便醒了,然后上街,到西市书坊随便买了两本书,外加几样新鲜点心,一壶据说神仙喝了也能醉的好酒。

买完东西回来,正是晚饭时间。和昨天一样,晚饭时候杜经年又是一时皱眉叹气,一时又脸红发呆。

我挑辣子鸡里的辣子吃:"被亲一下又不会要命。"

杜经年差点儿跳起来:"你你你……你知道了?"

"早知道了。"

杜经年万分头痛:"唉,我我我真的不想娶她,可我我我既然亲了她,就要对她负责……"

我打断他:"你为什么亲她?"

杜经年脸红得像只螃蟹:"是她亲的我……我……我一时不小心才亲回去的……"

他话没说完,我亲了他一下。

杜经年全身石化,我也感觉不太好,于是找了块手巾擦嘴,顺便递一块给他。

杜经年半晌才回过魂来:"小岑,你你你你你……"

我打断他:"你怎么不亲回来?"

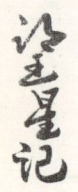

杜经年呆了呆，然后忽然想明白了什么，猛地跳起来，向外冲去。

这一冲，撞上一个人。练武之人周身气劲遍布，杜经年被弹得倒退好几步，然而他似乎毫无感觉，懵懵懂懂向对方说了声"对不住"，接着往外冲。

引着客人进来的管家显然也看到了刚才一幕，脑门儿上挂了一大滴冷汗，但他还能急中生智，及时告退撤离这是非之地，我却打洞都没地方钻。

因为这人长身佩剑，沉静冷厉，正是靳初楼。

我捂着手巾，很想夺门而逃。

靳初楼就在门口，迈过门槛，一步步走近。他目光沉沉，衣袖无风自动，杀气肉眼可见。

"小楼，事情不是你想象的那样，不，也不是你看到的那样……"

靳初楼脚步不停，依然在逼近，那眼神完全是要捏死我。我觉得这没有道理，我并不是他什么人，并没有对不起他，他有什么资格生气？简直莫名其妙。然而事实我自己也很莫名其妙，根本不敢看他的眼睛，一步步后退，退到无路可退，才色厉内荏地喊："靳初楼！你忘了我们的三日之约吗？"

不知道是不是这句话起到了作用，他没有动手。

他只是看着我，这目光有点儿眼熟，好像上次被我亲了，他就是这样看着我的。

猛地，我知道他为什么这么生气了。是的，只有这一个原因。

"小楼，别误会，再怎么玩我也不会误你的事儿，我说三天就是三天。"我一脸真诚，"你看，我今天起得特别早。"

他站着不动。

"你吃了吗？要不要坐下来一起吃？杜家的酒酿鸭子是极好的……"看看他还是没反应，"要不，我们现在就走？"

他还真的说走就走，转身就走。

我犹豫了一下没有跟上，莫名觉得他之所以走得这么快，很有可能是怕再站在我面前，会情不自禁一掌拍死我。

毕竟靳老大最讨厌做事不认真的人了。

酉时一刻，天将入暮，我准时出门。

只是今日靳小厮气势太强，我不太有胆子使唤，自己系好斗篷，套好手笼。

离开杜府时，天已全黑。街上人迹稀少，风很紧，好像又要下雪了。

我一步一步地跟在靳初楼的身后，他挺拔的身形能为我挡去不少寒风，他手里的灯笼在风中明一下，灭一下，我总担心要被风吹灭了，下一瞬却重新明亮起来。

最后一天了。

明天过后，我说出他的身世，替他解开悬在心头多年的谜题，他终于获得答案，然后，我们之间唯一的牵连便会斩断。

喏，靳初楼，我知道的，没有了这一点，我这辈子都休想使唤得动你了。

这样的日子，这样的夜晚，一盏灯，一壶酒，一本书，一天星。

两个人。

不会再有了。

最后一天啊……

"靳初楼,我走不动了。"

走在前面的人理也没有理我。

"啊!"我一声惊呼,跌倒在地上。

前面的人终于回头了,眉眼像冰雪那么冷。

"真的,不小心滑了一跤……"我眉头全皱了起来,然后想想还是笑了,"唉,算了,你还在生我的气,自然不会来扶我,没事,我起得来。"

手撑住地面,努力想要把自己撑起来,风太大,天太冷,地太滑……正在我努力时,一只手轻飘飘地将我拎起来,我身不由己就好端端站了起来。

他看也没看我好端端的那只脚,冷着脸转身就要走。

正所谓请神容易送神难,岂是他说走就走的?我挂在他的胳膊上:"小楼,对不起。"

他皱眉,欲挣脱。

"对不起对不起对不起对不起对不起对不起!"

道歉的时候一定要有诚意,就算没有猛虎落地式下跪,也一定要在语气上充分表现。

还是不行?

于是我立刻聪明地改换话题:"马上就要三天了,你想过你会是什么人吗?有没有很开心?"

靳初楼沉着脸继续往前走,一手提着灯笼,一手挂着我。

哎呀呀,真是不好哄。

但既然没把我甩开,我就悄悄在他胳膊上挂得更紧些。

"小楼……"

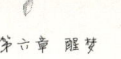

第六章 醒梦

"小楼……"

"小楼……"

在叫了十七八声之后,头顶终于飘下一个"嗯",并且是从鼻子里出来的。

"下雪天很冷啊。"我说。

这样的废话靳初楼当然不会接茬。

以后的下雪天,这样和你走在一起的人会是谁呢?

以后你这样走在下雪天里的时候,会想起我吗?

这样的话,我当然也不会说出口。

因是最后一天的缘故,往日只觉得平常的兰台,今天看起来倒觉得十分温馨。

我在每一面书架前都停留了一下,然后掏出下午买的书。

靳初楼正在暖酒,看到书名的时候怔了一下:"这是什么书?"

"《寻欢记》。讲一个王爷微服出访碰到若干美人的故事——"

靳初楼还没听完就皱眉了。

这家伙越来越容易皱眉了啊。

"第三天了。"

书被人拿走,靳初楼的脸在我面前放大,如此之近,眼眸深邃幽黑,不可见底,他直直地看着我,冷冷道:"你知不知道,诓我会有什么下场?"

"知道啦。"我轻声道,难得有机会这样近地看他,内心有什么东西轻且柔地响了一下,淡淡惆怅,淡淡花香,我无法控制,手轻轻抚上他的面颊,"杀了我嘛。"

只一下,便被他躲过去了。

唉,身手太好也叫人烦恼。

指尖上仿佛还残留着他肌肤的温度,我把头埋在书里,在避光处,偷偷地笑了。

窗外响起簌簌的动静,雪果然飘下来了。杜经年说我不走运,碰上了京城最冷的冬天。其实冷也有冷的妙处,雪天饮酒夜读,正是人生妙事。

最后一个夜晚,有书,有茶,有酒,有点心,有暖炉,有靳初楼。

我想不出更完美的夜晚了。

良辰美景易过,转眼天边便透出一缕青白,我喝完最后一杯酒,放下书,伸了个懒腰。

靳初楼坐在窗边,并未动身,只沉沉瞧着我。

我摸了摸脸:"我脸上沾上糕粉屑了?"

他不言语。

我把书揣怀里,自己披上斗篷,然而带子还未系上,眼前便掠过一道寒光,我的手里一松。

那根带子我永远不用系了,靳初楼的剑削断了它,剑尖直抵我的咽喉。

冰冷的剑气令我脖颈的皮肤一阵紧缩。

这种感觉一点儿也不陌生。

只是,这一次仿佛格外冷一些。这剑气像是透进了心底,我停了好久,才能微笑出来:"你是不是真的会杀我?"

"你认为呢?"他的目光比剑光更冰冷,"第三天了。"

于是我只好又笑了。这原本就是不需要问出口的事。顿了顿，我小心翼翼地把脖子往后挪了一点儿，然后飞快道："我只说是三天后，又没说是三天后的此时！"

他的眉毛微微皱了一下："你要几时？"

"晚上。"我眨眨眼，"今夜子时，摘星楼上，靳大寨主莫要失约。"

他看着我良久，终于慢慢回剑入鞘："岑未离，我再信你一次。"

我越过他，径自出了兰台第九库的门。门外寒风凛冽，一口寒气激在胸口，险些呼吸不畅，然而将这雪意吸入肺腑之后，整个人却有一丝意外的清明。我站定，然后回首，向他弯眉一笑："放心，我必定不会让你失望。"

第七章 命星

望星记

摘星楼很高。

从楼顶望下去,整个京城尽收眼底。正是黄昏时分,红日落到了西天,渐渐沉下去。半边天空被它染红,鳞次栉比的屋顶上,也染上了这红晕,就连树梢房檐上尚未化去的积雪,仿佛也变成红的了。

摘星楼上的雪早已清理干净,淡白的玉石地面同样映着淡淡的柔和的昏黄光芒。

这一刻如梦如幻,我坐在太师椅上,面向落日,等待靳初楼的到来。

他没有让我久等。

当夕阳的影子完全沉了下去,当天边露出一弯月牙,我听到身后传来平稳的脚步声,以及长风吹动衣襟发出的猎猎声响。

他在我身后停下。

"来了?"

风大极了,我的声音都快要被吹散了吧?自己听来都觉得含糊。

我把太师椅摆在楼顶边缘的位置,身上裹着厚厚的皮袭,连头带手都笼得严严实实,酒壶虽然就摆在身边,却实在不想把手暴露在风中,只好求助于来人:"能不能帮我倒杯酒?"

可惜啊,三天时间已过,再也不能理直气壮地使唤他了。

一只手握住酒壶,嫣红的杨梅酒倾入白瓷杯中,煞是好看。他那只握剑的手,坚定,稳定,淡定。就如同他的声音。他淡淡道:"你要等到什么时候?"

"等到星星出来的时候。"

他看了太师椅一眼:"不是等你摔下去的时候?"

"有靳大剑客在,我可用不着担心。"我笑眯眯地喝了口小酒,"小楼,其实一切我已经明白了十之八九,眼下,只欠一样东西。"

他的声音微微发紧:"什么东西?"

"你的命星。"

我仰起头,望向他。

他是如此之高,总令人觉得难以接近。此时他的后背衬着渐渐明朗的星空,越发如梦之遥。

他的眼中有惊色:"你要用读星?"

"都说了不是啦。"读星之后就晕,而且很有可能醒不过来,那即便我找到命星又有什么意义?

我慢慢站起身,手自狐狸皮毛的手筒中抽出,抵住他的胸膛。寒风似要把我的手冻僵,不过,他胸前的衣襟这样温暖,令我想起他的怀抱:"小楼,抱我一次怎么样?"

"岑未离,不要胡闹。"

"真是小气啊……抱一下都不肯……"我叹了口气,低声道,"那不如去死吧……"

大约是我的声音实在太低了,他没有听清,问了一句"什么",然而,他不会得到答案了。

他已经站在了最边缘的位置,在毫无防备的情况下,我的手猛然往外一推。

他坠了下去。

像落叶在风中飘离枝头。

他的脸上有不敢置信的神情,这大约是我所见过的他最动容的时刻了,可惜,我没有更多的时间看他的脸。

在他坠下去的同一瞬,紫微星垣内,一颗星辰光芒骤然一暗。

那是一颗奇异的星辰。它在无数的星辰之中,毫不起眼。然而,并非因为它生来光芒就这样暗淡,而是,有人挡住了它的星芒。

星辰的外围有一圈淡淡的红色光芒,就像落日一样的颜色,正是这样的红光掩去了它原来的光亮,令它看上去如同一颗微不足道的小星。

放在平时,我绝不会注意到它。

谜题的最后一环已经解开,我的心头彻亮。

想必夕儿已经在底下接住靳初楼了吧?

想起白天杜经年替我送信回来,十分怀疑地问"你和那姑娘是不是有仇",就知道夕儿有多么不愿意帮我的忙,好在我英明地在信中说明此事和靳初楼有关,那么即使夕儿再不愿意,今夜此时,也会出现在约定的地点。

而我英明神武的大寨主啊,当他发现自己一会儿被人暗算,一会儿又被人救起,心潮是不是会特别跌宕起伏呢?

真想早点儿看到他的表情。

我把壶里的酒一饮而尽,然后施施然下楼。只是还未走下三级台阶,忽然一团亮光渐近,有人拊掌,一记,两记,三记,不轻不重,在寂静里听来格外分明:"岑大人好手段。"

来人至少和我还隔着两层楼梯,不过,这副好嗓音如此动听,我微微一笑:"这么晚了,教主还愿意爬楼,真是好兴致。"

"近日一直收拾行囊,准备返回苗疆,走之前盼着能听大人教诲,所以即使是深夜,还是来叨扰了。"光阴教主说着,一步步踏上了这一层的台阶,手里提着一盏八角宫灯,轻笑道,"天黑楼高,大人下楼小心,也不必心急,楼下的事情,我已经让十四料理好了。"

我不解:"料理什么?"

"我和十四来时,刚好看见有人被推下楼。"光阴教主微笑道,"能将心地善良的大人逼到动手,可见这人着实该死。所以我让十四出手,就算他没摔死,也要杀了他。"

我的耳畔"嗡"的一声响,愣了愣才明白他在说什么,然后推开他,一路冲下去。

无数级台阶在脚下,好像跑也跑不完,中途一脚踏空,滚下台阶,撞在墙角,但顾不得疼,当我终于来到楼下,空荡荡的地面上,只有十四。

十四的剑尖兀自滴着血,眼中掠过令人心寒的光。

"你——"我的心怦怦直跳,声响巨大,震得自己难以出声,眼眶骤然涨痛,有泪滑落,而我并不自知,我直指着他的剑,哽咽难以成声,"你——"

"十四,怎么样了?"光阴教主在我身后问道。

"他被人救走了。"十四答,"他自高楼坠下,非但未死,竟

然还接得住属下剑招。"

我一把抓住他的衣襟:"是不是一个姑娘救走了他?是不是?"

他却只看着光阴教主:"不错,那名女子身手也很是了得,即使属下一剑伤了他,那两人联手,属下也不是对手,因而未追。请教主责罚。"

我看着空荡荡的大街,只觉心里发沉,冷风似全灌进了肚子里。

靳初楼受伤了。

百尺高楼,常人摔下来只怕要粉身碎骨。但他是靳初楼,江湖第一剑客靳初楼,以他的本事,即使是从高处坠下,也能以掌力在地上反弹自救,没有性命之虞。

何况我还安排了夕儿接应——只是我太高估了自己在夕儿心中的地位,她来是来了,却没有站在我指定的位置。

十四缓缓地用一块手帕擦去剑上血迹。

我盯着那血迹,盯着那剑尖,盯着十四。

光阴教主叹了口气:"幸好你没有追上去赶尽杀绝,我们好像帮错忙了呀。岑大人,真是对不住。他受了伤,想必也走不了太远,我与十四对追踪之术都颇有涉猎,就让我为大人找到他,以谢前罪吧。"

扬风寨在各地都有据点,在京城更是有好几处,如果没人帮忙,我休想在今夜找到靳初楼。

可我必须找到他,立刻,马上!我要看看他伤得怎么样,我要告诉他,我不是真的想要他的命,我要告诉他,我只是想帮他得到他想要的东西。

夜并不算太深，只是天气太冷，夜市都收了，街上少有人行，寒风呼号，像是要刮走最后一丝人间的暖意。

我与光阴教主跟在十四身后，在京城的大街小巷里走走停停，宛如绕迷宫。每过一刻，心便又沉了一分，我终于忍不住道："怎么还没找到？"

十四回身，向光阴教主道："风太大，吹散了痕迹，不过，快了。"

光阴教主道："他们绕了许多弯路，难道是怕我们追上来吗？岑大人，借问一声，你和靳初楼，到底是敌是友？"

我瞪着他，如果有力气，一定要咬他一口："你觉得呢？"

"你推他下楼，他避你如此，我实在很难想象有你们这样的朋友。"

十四忽然停下："就是这里了。"

面前是一座小院子，在街巷之中毫不起眼，然而十四还没有推开门，两把明晃晃的剑已然从门缝里刺了出来。十四长剑出鞘，电光石火之间，三把剑已交了几个回合，木门承受不住，轰然碎裂。我看见了门后的人，是夕儿和阿东。

我叫："住手！是我啊！"

阿东一愣："岑姑娘？你怎么在这里？"他问完之后，蓦地一脸悲愤，"岑未离，竟然是你！竟然是你！原来曲师姐说的恶人是你！你……你为何要暗算大寨主？"

他的神色凶恶得好像要找我拼命，夕儿的剑已经对准了我的周身大穴，我把十四一把推上前："暗算靳初楼的人是他！"

两个人的剑立刻对准了十四。阿东松了一口气："好，我就知道你不会的，你不是那样的人……只是你怎么会和恶人在一起？"

"这个真是说来话长。"我很头痛地叹了口气,"你们让我见见靳初楼就知道了。"

夕儿冷冷地看着我,眼睛里能飞出一把把利剑:"岑未离,我再也不会让你伤害夫子!"

"我怎么会害靳初楼?我为什么要害靳初楼?"

"我不知道你为什么要害,我只知道,你已经害了。"夕儿冷冷道,"我亲眼看见,你把他从楼上推了下来!"

"那是为了——"

我的话没能说完,一抹清冷的剑光打断了它,我清晰地感觉到剑光的寒气侵体,光阴教主在后面拉了我一把,于是我的衣袖替我受了这一剑,碎成一只只布蝴蝶。

上好的料子,即使丢了官,也可以靠这身衣服换三个月的馒头过活。长风劲烈,一下子便将它们吹出老远,挂在树梢上,还呼啦啦响。

是阿东。

他终于练成了这样的好剑术,难怪会被派到京城来。

"你承认了……"阿东痛心疾首,失望至极,"曲师姐说时,我还不信……岑未离,真的是你!你怎么下得了手?!"

这是我"生"平第一位朋友。我无数次害他被靳初楼罚跑,他仍然当我是朋友。可是,现在,他要杀我。

我的脑子"嗡嗡"直响,里头像是煮沸了一锅稀粥,"咕嘟咕嘟"直冒泡。

光阴教主一直拉着我后退,我想站住,却敌不过他的力气。非要用尽全身的力气,才能甩开他的手。他一愣:"你还想去送死吗?"

"死个屁!"我冲回小院前,大声道,"笨夕儿,死阿东,你们两个傻了吗?让我去看看他!我不会武功!我没有武器!再不然,你们把我绑起来!无论如何,我一定要见到他!"

这两颗榆木脑袋双剑交错,守在门口,丝毫不让步。

我的一口气险些被堵得上不来,倏地转身,大声问道:"十四,能不能制住这两个人?"

十四看了看夕儿的剑:"恐怕——"

我没有让他说完:"你给我解决这两个人,我明天就跟你们去苗疆!"

十四立刻动了,没有再多说一个字,立刻挥剑上前。

"要活的!"我大声道。

阿东看我的眼神简直要把我盯死在当场:"岑未离!你忘恩负义——"

他没有机会骂下去了。十四疯起来,连夕儿在他的剑下都显得有些吃力。我快步绕过三人,打算沿墙根绕进屋子,忽然听到异样声响。原来是夕儿一面挡下十四长剑,一面将头上的银钗向我甩来。

小小银钗,充当飞镖,直刺我的面门。不过,比它更快的是一道暗红色鞭影。鞭影横空出世,突如其来,鞭梢如蛇,"嗒"的一声轻响,银钗被它抽飞。

看到这根软鞭,我整个人忽然轻松下来。

在胸膛里翻腾的那些焦灼与忧心,统统静了下来。

"住手。"

很平淡的两个字,但出自靳初楼之口,却有令人无法抗拒的威仪。

他站在门边，衣襟上有血迹，不过已经被包扎得很好。发髻微有些凌乱，不过，丝毫无损于他的风度。

他是天下第一剑客靳初楼。不败的靳初楼。

"夫子，她要杀你！"夕儿急切地道，"你不要见她！"

靳初楼的目光落在我身上，我站在那儿，回望他，眼神清且柔，因为内心安静如斯，我没有说话，因为不用说话。

我自他眼中看到一丝清明神采，就像天边初降的雪花，洁净轻柔。

他没有怪我，没有怨我。

忽地，我想哭了。

他的视线在光阴教主与十四身上一顿："天色已经不早，十四兄是要继续与我切磋武艺，还是与教主回宫歇息？"

光阴教主笑容不改："我早已说过，先前不过是一场误会，眼下既已知晓靳大侠是岑大人的好友，我又怎会再多事？只不过，"他漂亮的丹凤眼看了夕儿一眼，"我倒是有些担心岑大人的安危。"

靳初楼已经淡淡地望向夕儿和阿东，淡淡道："放下剑。"

光阴教主含笑颔首："如此，二位就好好叙叙吧，我不多打扰了。"他带着十四，款步而去。大红衣衫在雪地里十分显眼，直到老远还清晰可见。

直到光阴教主的背影彻底消失，靳初楼才收回了视线，然后捂住胸口，原本一直如山岳般凛冽不可侵的气势消失，他整个人后退一步，后背抵住门框。

我连忙扶住他，这样近，才发觉他的额头已经出了一层冷汗，不由得一阵心慌，道："走，去皇宫，我们去找太医……"

"夫子的伤口已经上过最好的金创药,只是他硬撑着催动剑气内劲,以气势逼退光阴教主,才会这样。"夕儿冷冷说道。

我不解:"要光阴教主走,还用逼他吗?"

夕儿咬了咬牙,冷冷地道:"你以为他们真的是因为误会才偷袭夫子?别做梦了!二寨主盗了光阴教的圣物绿离披,扬风寨与光阴教早已势不两立,只不过碍着阅微阁,光阴教不敢闯进中原来罢了!今天,要是夫子露了半点儿弱,那光阴教主只怕早已动手了!"

"夕儿,你的话太多了。"他的声音很低,有难以掩饰的虚弱,但夕儿立刻闭上了嘴。

他挥手挣脱我俩的搀扶,虽然缓慢但坚定,然后他走进屋子,在内道:"岑未离,进来。"

于是我进去。

他道:"关门。"

于是我关门。

屋子里点着一盏油灯,昏黄光芒照亮屋内情形。屋内摆设简单,不过很是干净。他在椅子上坐下,看着我。那目光在灯下显得灼灼的,我的脸不知道为什么又有点儿发烫,咳了一声清清嗓子,我道:"难道你不想知道我为什么推你下楼吗?"

"我只想知道推我下楼之后,你发现了什么。"

"真是……也许我真的只是想摆脱你这个大债主呢?"

似是觉得此言无聊,他没有答话,看着灯火,他淡淡道:"再拖下去,便是第四天了。"

"至少,等你伤好再说。"我忽然发现,夕儿说得真没错。和我在一起时,坚不可摧的靳初楼,好像总是受伤。

"皮外伤,无碍。"

我叹了口气,就知道会这样。

"那就跟我入宫吧。"我道,"因为你要的答案,在宫里。"

巡逻的御林军不是第一次在深夜的皇宫看到我俩,却是第一次看到我俩改换了路线。

这一次,我们没有去兰台,而是去某一处废弃的宫殿。

荒凉的宫殿修葺一新,门上重新垂下珍珠帘,壁上重新挂上锦帐,多宝槅里重新添上古董。十一公主心情大好,办事效率高到不行。

宫殿深长,七宝树灯也不能完全将其照亮,昏黄的光线笼罩着一切,像一场迷蒙又黯淡的梦境。

这是靳初楼的梦境。

从踏进殿门的一刻起,他就放慢了脚步,手抚过桌椅、角案、门框、珠帘、琴架……每一次停顿,都是梦中的一次涟漪吧?

殿中的宫人一脸笑意,见我站在殿外,迎上来道:"公主殿下找来许多年老的宫人,又征调了几十名工匠,照着老宫人说的,把这里恢复成当年的样子。大人,你看可还好?"

我点点头:"里面的人安排好了吗?"

"好了。也是叫老宫人挑的,说是身段模样儿都有几分相像,叫她穿戴好了,老宫人都说,远远看上去,活脱脱就是冯婕妤呢!"

其实也不用太像……梦都是恍惚的,记忆也是。

她只要坐在深长的宫殿里,低头,垂泪,便是靳初楼想要追寻的记忆。

"外边冷,大人不去里边坐坐?"宫人殷勤道,"火炉早生好了,暖和着呢。"

"不用。"我道,"你们也都散了吧。"

宫人还想再说几句,但瞧瞧我的脸色,还是招呼着同伴告退了。

寒冷漆黑的夜空,星辰冷淡,我瞧着这星空,这夜色,这宫殿,这门,心里非常安静。

就像那一次,在门外等他疗伤时一样。

有人从殿内走了出来,是扮作冯婕妤的宫人。她向我微施一礼,去了。我的视线一直追逐着她的背影。她的身姿优雅娴静。

"像吗?"听到身后的脚步声,我头也没回,问。

"不知道……"靳初楼的声音很轻,像做梦一样,"我记不得她的脸……我早已不知道她长什么模样……"

我回过身,看着他:"但,就是这里,对不对?"这深长宫殿,这巍峨门楼。

他沉沉地看着我,慢慢道:"对。"

"小楼,知道我为什么去兰台吗?皇家的种种秘辛,都藏在兰台第九库,当然,也藏在老宫人们的记忆中。"我拍拍身边的石级,示意他坐下,他便在我身边坐下,七宝树灯的光芒从殿内涌出来,照亮他的侧脸。

他的侧脸线条真是好看,这样的五官,应该是天神用刀雕刻出来的吧?

"小楼,给你讲个二十年前的故事吧。那年,先帝要立太子。大皇子早逝,剩下的皇子中,有两位格外出色,一是二皇子,二是三皇子。二皇子之母惠妃是汤阳公之女,根基深厚,当时皇后多病，惠妃权倾后宫，不少人暗地里皆呼二皇子的宫殿为'东宫'。三皇子之母是位宫人，生子后才获封婕妤，但三皇子自小聪慧，深受先帝宠爱。更兼汤阳公恃功骄人，先帝恐立二皇子为储，将来外戚专权，反而生乱，于是心中更属意三皇子。三皇子母子这下便成了惠妃的眼中钉，惠妃明里暗里，屡次想要两人的性命，就在冯婕妤朝不保夕、惶惶不可终日之时，天降高人搭救，将三皇子带上望舒山修行。"

我看着他，轻声问道："你曾经去过望舒山，上过阅微阁，可还记得那里是什么模样吗？"

"那是灵修们清修之地，不是凡人能去的地方。"

"所以去那里的人，都要斩断凡尘啊。小楼，你便是继当年清尊帝之后，大晏皇族第二个成为灵修的人。"

靳初楼沉默良久："你如何确定？"

"你看天上。"长风凛冽，天上一丝云也无，满天都是清冷星子，如欲坠之泪，"靳初楼，你的命星，生在紫微垣之中啊！你是皇家的人，二十年前离开深宫的，只有三皇子一人。更何况，你记得这里，不是吗？"

星光与雪光映照下，靳初楼的脸光洁如同瓷器，他神色变幻："我若是在望舒山上，怎么又会下山来，还忘记了一切？"

"这我就不知道了。"我歪着头，想了想，"也许是那位高人不忍看你在山上空耗青春，于是放你下山享福来了。"

他的眉头轻皱，眼睛闭上，片刻睁开，望定我："那么你呢？"

"我？"

"你也是宫中的人吗……"

"不知道，我也懒得知道。"我看着他一笑，"我不像你，死活要追寻过去，我有现在就够了。宫里的屋子大是大，奈何规矩也多，假如我真是宫里的人，那一定是受不了自己逃走的。"

靳初楼顿了良久，问道："那位婕妤后来如何了？"

"死了。"我轻声道，"据传是投井而死，但据服侍她的老宫人说，实际是三皇子不见了之后，郁郁而终。"

想想看，儿子就是她的一切，当她把儿子送走了，自己就什么也没有了。

靳初楼整个人静下来。

一种空茫的安静。

此时的靳初楼，仿佛不能碰触，仿佛一碰就会碎裂。他整个人有一种雾气似的脆弱。

令我产生一种抱他一下的冲动。

于是我走过去轻轻抱了他一下，他回过神来。回过神来的靳初楼，重新变得不再需要别人的拥抱，于是我笑着收回了手。

即使夜如此寒冷，他的怀抱依旧温暖。

温暖得就像我最初的记忆一样。

真好。

我终于明白，人生总有些东西是我得不到的。比如唐从容的易容术，比如唐且芳的毒功，比如央落雪的医术，比如楚疏言的阵法，比如百里无忧的美貌……

比如，靳初楼。

"如果还有什么不明白的，就去见一见皇帝吧。你见到他，便会明白了。你与他长得有几分相像呢。"

我说完，起身去殿里斟了两杯茶来，递一杯给他："小楼，你想要的已经得到,从此我就是自由身啦。这天大地大,以后不知道还有没有见面的日子。我有好的地方,你能记得就记得,不能记得忘了也罢。有不好的地方,也请你多担待。"天冷,茶凉得快,我深吸一口气,让眼睛含上一点儿笑意,"今天,咱们就以茶代酒,就此别过吧。"

我仰头喝了那杯茶。微凉的茶水,微苦的茶叶,统统倾进肺腑。

一颗心变得凉凉的,冰晶似的,很透明。

他却没有喝。

真是不够义气啊!

我拍拍他的肩:"那么,我走了。"

"慢着。"

"怎么?舍不得我啊?"我微笑。

他自怀里掏出一只小小锦匣,递到我手里,说:"若有难处,仍然可以报我的名字。"

这只小锦匣很眼熟。我想起来了,在汾城时,他送过我一次。不过这一次,我不会再拒绝了。

我笑眯眯地接过了它。

即使今生都不会用上它,我也可以留着。

因为这大约是靳初楼身上我唯一可以带走的东西了。

我走出宫门不远,一把剑就搁在了脖子上。

"你家夫子在后面。"头都不用回,我也知道是夕儿,"我劝你不要试图潜进去,御林军里饭桶虽然很多,真材实料的也有不少,你在这儿再等等,他就出来了。"

"岑未离，我告诉你，夫子是我的天，我的命，若是他有一丝一毫的损伤，就算追到天涯海角，我都会杀了你！"

夕儿压低了声音，却压不住声音里的愤怒，她一向清冷脱俗，难得如此失态，我缓缓回身，脖子上一阵刺痛。夕儿的剑很稳定，我的脖子一定流血了，但是无所谓，因为皮外伤，无碍。呵呵。

见了血，夕儿的脸上掠过一丝慌乱："岑未离，你想干什么？"

"我想请你放心，不会有下次了。"我吐出一口长气，肚子里怎么有这么多气呢？怎么吐都觉得还是堵得慌。我抬起头，朝着天上的星辰，高声道："从今往后，我岑未离和他靳初楼，再也没有瓜葛了！"

声音大极了，惊醒了路边的狗，向我吠起来。

夕儿惊疑不定地看着我，大概不知道是该先收剑，还是该去找个大夫看看我是不是疯了。

"我再也不会给他找麻烦了……再也不会了。"我懒洋洋地往前走，深夜的空气冷得出奇，"我啊，再也不会给他找麻烦了。因为，虽然他不是我的天和命，不过，我也喜欢他啊！"

夕儿没听清："什么？"

"没什么，"我回过脸来，看着她，眨眨眼，"所以，别再看我不顺眼了。这是我俩最后一次见面，请对我笑一笑吧。"

夕儿却板起了脸。

直到寒风再一次吹起，她还是没有笑。

冷冰冰的人带出的人也是冷冰冰的。我好像也从未见过靳初楼笑呢。

真是遗憾啊！

我回到杜家的时候，杜经年好梦正酣。作为一个够义气的朋友，我当然不会打扰他的好梦。

丑时已过了一半，正是夜最深沉的时候，看门的小厮都在打瞌睡，偌大的庭院里悄无人声。我在屋子里转了转，又到花园走了走，到处都没有人。而我需要有人在，跟我说说话也好，吵吵架也好，管他是谁，只要有人就好。

再这样一个人待着，我会疯掉。

我去了星寮。因为在这个时候，有人的地方唯有星寮。

然而当我爬上摘星楼的时候，才想起来，为了保证没人打扰我今晚的计划，我已经给星寮的大小官员包括洒扫人员放了一天的假。

空旷的楼顶之上，我的太师椅还在。当然，除了我的太师椅，再也没有别的了。

此天，此地，独有我一个人。

那种近乎悲怆的情绪自心底升起，曾度过无数个一个人的夜晚，从来都没有的奇怪感觉，在今晚疯狂生长，快要把我吞没。

这便是，寂寞吧。

一路过来，不管有多孤单，都不要紧，因为我知道，有一个人永远会在暗处注视着我，保护着我，因为我知道无论走到哪里，都有一个人不会放过我，因为我知道，无论去往何方，只要我想回，扬风寨都会为我敞开大门。

因为我身上，有对于他来说至关重要的东西。

而今夜，我已经将这样东西交还给他了啊。

从此以后，他再也没有必要管我了。

第七章 命里

我自由了,真正地自由了。

这是我想要很久的东西,及至我得到,却高兴不起来。

我要做什么呢?

我坐在太师椅上吹着冷风,鼻子与耳朵都冻得冰冷麻木,还是没有想到,今后的日子要怎么打发。

好在杜经年来找我了。

那时天已经大亮,杜家未来家主的消息最是灵通,他爬上摘星楼就把我用力摇晃:"小岑,光阴教主向皇帝请旨,说你自愿跟他去苗疆?是真的吗?你真的要去苗疆?"

"啪嗒",全身冻得僵硬的我,被他晃到了地上。

我原本想用手撑着的,可惜,手也冻木了,于是我的脸朝地栽下。

"小岑!"

耳边传来杜经年一声喊,然后有热热的东西从鼻子里流了出来。

仿佛是有意显示我大晏第一女官的尊贵,当即有三名太医赶来给我看鼻子。虽然他们齐声说"不妨事",杜经年还是逼着他们说我"受伤严重,需要静养,苗疆之行必须暂缓,否则有性命之虞"云云。

皇帝派了人来探视,无数叫不上名字的大人相继送来药品礼品,星寮的门槛被磨低了两寸。

而我其实不过是流了点儿鼻血而已。

所有的来人都由闵行之替我应酬。在这样一个大白天,我只想好好睡一觉,睡完爬起来检视那些礼物,只见大到屏风小到珠宝,无一不全。设若我要丢官不干,完全不用心疼那八百石一年的俸禄，只要卷上这些，就够我好吃好喝一辈子。"

"还有没有？"我问。

"还有这个。"闵行之捧着一个托盘，上面有一只纯金盒子，盒子里是香粉。凑近可闻见一丝淡淡香气，如同一只温柔的手，轻轻在心尖上抚了一下。陡然之间，我想起了扬风寨的月色，兰台的雪声，以及靳初楼的眼睛。

"……这是什么香？"

"不知道。不知为何，闻见这香，我忽然想起我早逝的孩儿来。"闵行之的脸上，露出又是惆怅又是温柔的颜色，片刻才如梦初醒一般，"哦，这是光阴教主送来的，他现在正在前面等着。"

"这叫玉萝香。"

星寮的前厅，光阴教主悠然地喝着茶，半点儿也没有等了我快三个时辰的焦躁模样，他望着我的眼睛，微笑道："是左春坊从醒梦花里提炼出来的香，和醒梦花一样，它能令人想起那些不想忘记却又无法得到的人与事。"

我点点头："想必皇帝也收到了这种香吧？"

他微微一笑："是的。"

"不想忘记，又无法得到……"我轻轻叹了一口气，"礼我收了不少，倒是你这件最有趣。"

"大人喜欢便好。"他道，"有这盒香陪在身边，即使那人不在，大人也不用太过思念，它的香气，会令你时时重温当日种种，如同时光再现。"

他的语气舒缓，声音中有一丝悲天悯人的意味，仿佛看透世间一切，我歪了歪头："看透人的心思，也是光阴教的神功之一吗？"

他点头微笑:"算是。"

我点点头,喝了口茶,忽然问道:"你是不是想杀靳初楼？"

"不。"他道,"当时只是误会。"

"光阴教与扬风寨的恩怨,我略知一二。"

光阴教主笑了:"我从不为已经失去的东西浪费时间。绿离披已经没有了,而以我的身体,也等不到下一枚绿离披长出来。我觉得,与其去向扬风寨寻仇,不如向岑大人求救。"

他的眉眼美艳,淡淡笑意如同清浅阳光,洒在花枝之上,直令人有繁花耀眼的错觉。

"好吧,明天启程去苗疆。"我放下杯子,说道。

他的眼睛亮了,抿嘴笑道:"我以为,大人会耍赖。"

我也笑了:"怎么会？我最是纯良,言而有信。"

一面说,一面鼻梁一热,鼻血长流。

手绢随时待命,一把按住。

说起来只是流鼻血而已,但奇怪的是,这鼻血流起来没完没了,随时随地毫不讲究。

"我要一辆大大的可以睡觉的马车,要许多小说抄本,要好酒好茶,沿途要吃到各式美味点心。白天睡觉,晚上赶路。"

我捂着鼻子,一一提出我的要求,说一句,光阴教主便点一下头,然后问:"还有吗？"

"差不多就这样,想起来再说。"

我俩就这样计议已定。

光阴教主动作迅速,我所要的东西很快便备妥。

杜经年就差没拿把刀逼着我留下。

我问他:"杜经年,你一辈子只待在一个地方,闷不闷?"

"闷当然会闷,只是,要出门也不要去苗疆啊!"

"为什么?"

"那地方毒虫瘴气无数,你又从未去过,一不小心就会没命啊!"

"就是因为没去过,才想去嘛!"

"你——"杜经年咬牙,"你不要命了?"

"光阴教主不是活得好好的?"

"那……那不一样,人家是武林中人……"

"你忘了,我也是江湖高人哩……"

杜经年显然忘了当初的事,经我一提,忽然皱眉道:"可是小岑,你一点儿也不像高人,我还是担心你。"

"那么多谢啦。"我拍拍他的肩,"来,请问,你和公主什么时候大婚?"

杜经年开始脸红:"还早着。"

皇帝赐婚的圣旨虽然已经下了,不过皇族成亲的礼仪繁复冗长,少不得要准备两三年吧?

"喏,"我指着一屋子的家什,有各路高官显贵送的礼,也有皇帝的赏赐,"这些是我的宝贝,也是给你的贺礼,你要好好收着。"

杜经年讶异了半天,将我上下打量:"小岑,你是不是有什么事瞒着我?你鼻子还流血吗?太医们个个都是吃白饭的吗?为什么连个鼻子都治不好?"

"我要去苗疆嘛,带这些多不方便。卖也不好卖,干脆都给你,若我以后回京,也不要多,你随便给个七八万两银子就好了。"

至于鼻子……"我扔掉染血的手绢,换条新的,"是因为我天天熬夜,上火了。"

杜经年将信将疑:"不论如何,你都要照顾好自己。"顿了顿,道,"这些东西,我替你收着,等你回来,便是给了我最好的贺礼。"

他的目光温暖而真诚,像春天洒在溪水上的阳光一样明亮。

这样的目光能照亮世间的一切,我静静地看着他,一时间心头居然冒出了不少话,全部涌至喉头,可想了想,唯一要说的,也只是:"你家的酒酿鸭子真好,我要有一阵吃不上了。"

杜经年说:"那我让厨子做几只你带着在路上吃。"

"会坏吧?"

"没事,放在冰桶里,眼下又冷。"

于是像往常无数次闲聊那样,我俩一边喝着酒,一边很认真地商量着如何才能将酒酿鸭子保存得更久,直到夜色深沉,杜经年扛不住睡意,我才离开。

我的心情很好,脚步很轻快。

在这样的冷夜里,能找到一位朋友喝酒,确实是一件非常愉快的事。

在这个世界上,注定有一些东西得不到,有一些东西能得到。与其老惦念着得不到的东西,不如好好享受那些已经得到的东西。

如此,方能快乐。

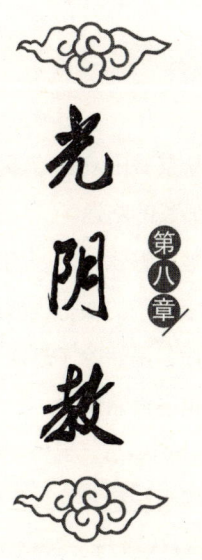

第八章 光阴教

腊月二十三，我从京城出发去苗疆。

这是我所走过的最长的路途。

好在马车够大，被褥够软，上好的银骨炭又够暖，还不熏人，杜经年用冰桶保存酒酿鸭子的法子也够妙，而光阴教主这个人，也还算有趣，因此这旅途，虽然除了赶路就是睡觉，不比从前我想停就停，想走就走，但也还算愉快。

我与光阴教主各一辆马车，另外还有三辆车带着茶酒等吃食，以及我一路上买的各样小玩意儿，队伍绵长。

这样招摇的车队昼伏夜行，很快吸引了不少宵小的注意，不过，前面有十四开路，我起先还想看看热闹，可车帘子还没掀起来，便已经过去了。

鼻血仍然有一阵没一阵地流，光阴教主道："你这鼻子不像是摔坏的。"

我无辜地道："反正是从摔倒之后开始的。"

"我教中有禁忌之术，施术者多多少少会受到术法反噬，被诅咒。大人这副模样，看上去有点儿像用了什么了不得的术法啊。"

我笑笑。

星寮藏书阁里有无数书册、竹简、甲片，记载着无数了不得的东西。

读星确实不能用，而祭星……祭星就很好用了，只除了，这条命说不定什么时候就会报销。

我想象过靳初楼知道这一切会怎么办，那个总是冷着脸说"我会杀了你"的人，知道我真的会死，将会有什么反应？

大概是，想尽办法来保住我的性命吧？就像他对任何一个扬风寨弟子那样，视他们的性命与修为为自己的责任。

可我和他，其实已经没什么关系了。

我不想成为他的责任。

光阴教主深深地看着我："这便是大人跟我来苗疆的原因吗？"

"非也，我来是为了芦笙、铜鼓、斗牛、赛马、唱歌、斗雀，还有酸汤鱼、竹筒饭、鸡豆粉。"我认真地道。

光阴教主笑了。

他笑起来真是美艳不可方物。

"岑未离，你很有趣。"他道，"不管如何，你跟我来对了，我教长老对血祭的反噬之术颇有造诣，定然能替你解决这麻烦。"

"哦，那太好了。"

我说得一定很敷衍。光阴教主道："我是说真的。"

"我信。"我微笑。

这一路往南，越走越暖，厚褥子渐渐用不上，路边渐渐有花朵盛开，夜晚赶路时，车帘子便不再放下，有香气随风入内，很是怡人。

光阴教主见我如此，问道："世上的花香，还有什么能比得上醒梦香吗？为什么不把它带出来呢？"

"送闵大人了。"

光阴教主略略惊讶："为什么？"

"他很喜欢啊。"

"你不喜欢吗？"

"我也喜欢。"我靠在软垫上，懒洋洋的，"只不过，我也不愿意为已经失去的东西浪费时间。如果得不到，干吗要去想？如果不会忘记，又怎么需要提醒？"

他没有回答，只看着我，半晌，嘴角露出一丝奇特笑意："你真有这么洒脱？"

我看了他一眼，懒得解释。

那花香确实令人心动神摇，但总沉湎在回忆中，只会让人忽略眼下的快乐。我不洒脱，我只不过想令自己过得快乐一点儿而已。

当我吃饺子，我会想起那一夜在汾城，那处摊子上的灯火昏黄，靳初楼的脸上有瓷器般的光。

当天气寒冷，我会想到兰台里，红泥小火炉上面暖着酒，雪簌簌地落在屋顶上，我翻过一页书，抬头就看到靳初楼的侧脸。

当我喝酒，我会想起他当我小厮的那三天。

我会有许多时候想起他，胸腔里有些微痛意，然而，我愿意这样痛下去。

因为，我愿意想起他。

他应当是我"活"着这两年来最值得反复回忆的。我不需要提醒。

若我会一直记得他，就一直记得吧。若有一天，我慢慢想不起他的脸，那便忘记吧。

记得他是一件很幸福的事；忘记他，同样会很快乐。

光阴教主的目光久久地停留在我脸上，忽然，他轻轻地呼出一口气："我是说过，我不愿为失去的东西浪费时间，然而那只不过是随口说说罢了。"他眨了眨眼睛，"如果我告诉你，我从未忘记过绿离披被盗之恨，那一晚也是真的想杀靳初楼，你还会不会跟我走？"

我看了他一眼："会。"

他再一次怔住："为什么？"

"因为我知道，你杀不了他。"

"那一次，我不就差一点儿成功了吗？"

"你会有可乘之机，是因为我。如果不是我暗算他，这个世界上，不会有任何人伤害得了他。"我的声音清晰笃定，眼神也是如此，"教主大人，我再也不会暗算他了，他也不会相信别人如相信我一样了，所以，"我拍拍他的肩，"……你没有机会了。"

光阴教主的表情，就好像突然喝到一口兑了水的酒。他顿了顿，才道："既然你自信在他心中有如此地位，为什么不留在他身边？"

我歪着头看了看他："教主，你有夫人吗？"

他摇摇头。

"那你喜欢过谁吗？"

他再摇头。

"那难怪了。"我带着一脸朽木不可雕的表情，摇了摇头，"女人是不会为了'信任'两个字就留在一个男人身边的。我说他信任我，却没有说他喜欢我。"

"如果不喜欢，怎会信任你？"

"你信任十四吗?"

"嗯。"

"那你喜欢他吗?"

他总算明白了,想了想,他道:"靳大寨主那种人,真的会喜欢女人吗?"

我吓了一跳:"你什么意思?你说他喜欢男人?"

"不不,我是说……"他顿了一下,"很难想象他喜欢上一个人,会是什么模样……"

我立刻陷入了遐想……靳初楼忽然变得像楚疏言对沈琐琐那样温柔体贴,像莫行南对阿南一样言听计从,像百里无忧对薛阿蛮一样甜言蜜语……

于是我立刻起了一身鸡皮疙瘩。

"算了,算了,不管他会喜欢上谁,又会是什么样子,我所想念的,只不过是我记忆中的靳初楼罢了……"

只是,想到我那么想得到的怀抱,以后会抱着另一个人,我就忽然好想喝酒。

而酒已经递到我面前了。

酒一入口,便显出与众不同的辛辣,我被呛得咳了一声:"这是什么酒?"

"这是苗疆独有的鱼蓝酒,白天刚刚买到。"光阴教主脸上有一丝笑容,"大人,你已经身在苗疆地界了。过不多久,敝教圣坛便要到了。"

人们一直说光阴教是化外之教,于是我一直以为光阴教的圣坛必定是个幽深古怪的所在。哪知马车最后停下的地方,让刚下马车的我直晕了晕才在地上站稳。

这是一座极美极美极美的山谷。

四周苍山环绕,就如同母亲的手臂环抱的婴儿,苍山之上,是瓦蓝瓦蓝的天空;天空之上,是极白极白的云朵。那云朵极低,仿佛一伸手便够得到,它在山间投下阴影,随风缓缓飘移。

山下,是一片海似的百花之谷,无数叫不出名目的花开得满山满谷皆是,温暖的阳光照耀着花海,蒸腾出一片我从未闻过的香气。这些香气似有形质,倒似路上我们遇上的一些瘴气,不过光阴教主此时并未像路上那般让我吃解药,反指着那些香雾最深处,道:"大人,请看。那儿便是圣坛。"

明明在大太阳底下,雾气却经久不散,隐隐约约,似乎有些亭台楼阁的样子。

光阴教主道:"大人,请。"

我左看看,右看看:"怎么走?"

眼前到处是花,根本没有道路通行。

"这些花长势太快,无论怎样打理,都清理不出道路,因此敝教中人都是踏花而行,倒也方便。"光阴教主微笑,"还有一条,这些花长势虽然散漫,其实暗合阵形,外人要是闯进来,多少都会吃些苦头,因此大人千万小心,紧随我的脚步,不要错了一步。"

我点点头,随他一起步入花的海洋。这些美丽的花朵中,也会隐藏杀机?走错了会怎样呢……

当我发现自己在转动这种念头的时候,左脚已经踏错了步子。

"大人!"

耳边仿佛还有光阴教主的声音,天地却陡然之间暗了下来。

没有阳光,没有花,只有雾,大雾,浓雾,遮天蔽日,隐隐有什么东西"扑啦啦"作响,像是振翅之声——我不能感觉更多了,一只手迅速将我拖了出来,阳光底下,光阴教主的脸隐隐发白:"岑未离!"

鼻尖还有淡淡腥气缭绕,但很快被空气中的花香冲淡了。

我惊魂未定:"这……这是什么?"

"是我教的修罗阵。"光阴教主道,"你再多走一步,神仙也拉不回来了!"

我忍不住打了个寒噤,然后亦步亦趋跟在他身后过了花海,走进光阴教圣坛。

在外面看着这里仿佛云遮雾绕,及近了那些雾气便荡然无存。几幢极高大的屋子错落在面前,光阴教主将我引入最里面一间。

屋内没有开窗,我们进入之后,大门随即关闭,室内光线昏暗,一个苍老的声音颤巍巍道:"教主回来了?"

一位老人家走了出来,走一步,便要颤巍巍晃一下,上前还要跪下,光阴教主扶住他:"长老免礼。你来见过岑大人。"

我的眼睛终于渐渐适应这里昏黄的光线,在我面前的这位老人,脸上皱纹密布,两条长眉耷下来,须发皆已白了,眼眸也已经灰白混浊,不知道能否看到东西。

光阴教主低低说了几句,长老点点头:"我这就去安排。"

光阴教的法子很奇特,长老准备了一大桶乌漆墨黑的草药汁子,把我泡在里面,然后他带着教众,围着桶手舞足蹈,念念有词,还给我吃一种极苦的药丸,我被这样折腾了三天,非常怀念只是单纯流流鼻血的时候。

"还有最后一步,"光阴教主劝我,"长老会借困龙阵的灵气替你洗去血中的诅咒。"

"还要泡这草药？"

"暂且忍耐。"光阴教主道，"岑大人，你可要保重。"

困龙阵的位置在光阴教最隐秘处，高高的祭台上空无一物。据长老说，只有神仙才能站在阵中央，我等凡人在阵法边缘就足够消受了。

我按照长老说的法子站好，长老带着弟子又开始手舞足蹈起来，开始了漫长的吟唱，我百无聊赖地坐下来，在温暖的阳光下和醉人的花香中昏昏欲睡。

忽地，长老猛地大叫起来："天人，天人！教主，她身上果然有仙气！"

自我当了官后，也有不少人奉承我，连皇帝都喊我作"天人"来着。但这位老人家从未见过我，分明不知道我读星的胜举啊！而且，他不知从哪里得来了无穷活力，双手做了个奇怪的姿势向上高举，声音也洪亮起来："天佑光阴！教主有救了！"

光阴教主紧盯着老人家，一字字问道："长老确定她可以入阵心吗？"

"自然，自然！"长老不断点头，"她身上的灵气，虽不能令教主痊愈，却足够让教主等到下一枝绿离披成熟！"

光阴教主慢慢转过头来看我，那眼神让我想起了十四。

看见血的十四。

我忍不住后退了一步，问："你想干什么？"

他抓住我，说："别再退了，一旦退到阵心，困龙阵便会真正启动，到那时，你身上的仙气就会被抽取出来。"

我的心直往下沉："这就是你要我来苗疆的真正原因？"

"读星之术，是天人之术啊，岂是寻常人会的？"光阴教主看着我,"岑未离,不要怨我,现在,你血中的杂质已经清除,仙气纯正,只等到吉日良辰,便可以入阵了。"

我被关了起来,屋子四壁都是铁质的,连门也不例外。

光阴教主笑道:"我知道大人喜欢安静,就住这间屋子吧。"

他长得很美,笑容也很美,只是我再也不会觉得他好看了。

人心险恶,是他教会我这四个字。

他说完,忽然出手,封住我周身大穴,我顿时成了泥塑木雕,连嘴都张不了。他拍了拍手,两名苗装女子走了出来,他吩咐道:"好生照看大人休息。"

于是我便被这两个人架到床上去。

枕头太高,床太硬,她们的手又太重,然而别说抱怨,我已经一个字也说不出口。

我终于后悔了,杜经年当初劝我的话是对的,我早该听他的。

靳初楼还不知道我来苗疆了吧?如果他知道的话,会拦着我吗?在那之前,我更应该听靳初楼的。

他的声音仿佛还在耳畔,他皱着眉的样子仿佛还在眼前。

我好像时常令他皱眉,皱起的眉峰总让我有摸一摸的冲动,只是,没有一次能够得逞。

我知道,我这一生,也许永远不会有机会那样亲密地碰触他,但我至少可以时常想念他。

与他共度的日子会在时光里慢慢发酵,变成回味悠长的酒或者歌。

然而,好像不可能了。

我还有许多想做的事,都还没有做,好像都做不成了。

无论是之前的靳初楼,还是后来的十四,都曾令我离死亡很近很近,但没有哪一次,会让我像现在一样,遍体生出一股寒意。

隐隐有一种叫作"绝望"的情绪,在我体内蔓延。

不能这样,总会有办法。我反复告诉自己这句话。

这屋子静得我只能听到自己的呼吸。

不知道过了多久,也许有一年那么长,铁门再一次被推开,光阴教主带着十四走了进来,十四的手上还提着一只食盒。光阴教主自食盒中端出一小碟一小碟的菜肴,摆放在桌上,然后解开我某一处的穴道。

我只觉得喉头一阵松动,呻吟了一声之后,发觉自己可以出声了。

"怠慢了。"光阴教主柔声道,"长老方才算过,困龙阵最佳的发动时间是后天子时,这两日,还要再委屈一下大人。"

"也就是说,我还能再多活两天。"

他点点头。

饭菜很丰盛,酸汤鱼、竹筒饭、鸡豆粉……我终于尝到了一路惦念的苗疆特色。

我一边吃,一边道:"教主,你知道我没有武功,把我关铁屋就算了,何必还要点我的穴道呢?"

光阴教主微微一笑:"我只是担心,以大人的聪慧,即使不会武功,只怕也有法子出去。"

"你实在太看得起我了。"我叹气,"那你我各退一步,穴道可以封,留一处哑穴好不好?你知不知道哑穴被封,实在难受。"

光阴教主摇头:"我可以解开你周身穴道,哑穴却不得不封。"

我不由得睁大了眼:"这是怎么说?"

"大人巧舌如簧,万一将我这两位教众说服了怎么办?"光阴教主道,"而且,封住你的哑穴,即使有人来找你,你也不能出声了,对不对?"

我看着他半晌道:"一、你真的是个大恶人。二、你放心吧,我是皇帝差遣来的,又是自愿来的,此处又是你的地盘,即便我喊破喉咙,也不会有人理的。不如让我快活两天,后天的困龙阵,要入就入,要死就死,我决不多喊一句,好不好?"

他也看着我半晌:"你真的不怕死吗?"

"怕。当然怕。正因为怕死,所以想好好活。"我长长地叹了口气,"设若我真的能救你一命,你更应该善待我才是。"

他点点头:"你说得对。"

说着,他果然解了我身上的穴道,只是我还没有高兴完,哑穴又被封住了。

"抱歉了。"光阴教主道,"圣坛已经迎来了不速之客,连十四都没有摸着他的衣角。这样的人物,我不知道世上除了靳初楼还有几个。但若是他,我决不能让他找到你。岑大人,你静养吧。"

他说完,忽然向我身后的两名女子问道:"学得怎样了?"

一名女子道:"也就是说,我还能再多活两天。"

我先是愣了一下,只当这女子脑子不清楚,然而下一瞬,我便明白了。

果然光阴教主点头道:"有八分相似了。"

十四道:"人在恐怖悲伤之时,声音都会有所变化,若是哭声,有五分相似便足够了。"

第八章 光阴教

光阴教主点点头,眉头却是微皱,两名女子和他一起离开,铁门再一次关上。

来的是什么人?让他如此紧张。

靳初楼?不,不可能。他眼下如果不是在皇宫,就是在扬风寨,或者,问武院。

能与靳初楼不相上下的人,只有练成了无形剑气的百里无双吧?她不待在娑定城,跑到苗疆来做什么?

十四都摸不着衣角的,也许是轻功与易容术一样妙绝天下的唐从容?听说唐从容与唐且芳在药王谷与光阴教交过手,那也许是他来找光阴教的麻烦?

我虽未见过这位唐门的绝顶人物,却也听阿东说过无数遍,早就心向往之。设若真能在死前见一见,那我必定会死得开心一点儿。

只不过,在光阴教主的诸多布置之下,哪怕是有心来找我的人,都不一定找得到,何况根本不认识我的人呢?我这一生,只怕是见不到那位传奇人物了。

而且,这一生想做而做不到的事,又何止这一点?

想到这里,我不由得有点儿沮丧。

偌大的铁屋里只剩我一个人,好在现在身体可以活动,总胜过躺着当活死人。屋子很大,我试图找找有没有什么秘密机关或者出口之类的地方,可惜除了几本快要被人翻破的旧书,什么也没发现。

书里写的是光阴教的教义与教规,哪怕是半页小说抄本,也会比它有趣。但无聊至此,我再没有别的可以打发时间的法子了。我逐字逐句地翻完了那些书,翻到最后一本的时候,忽然看到三个字：困龙阵。

所谓"困龙阵"，又名"困仙阵"。据说百年前阅微阁一统江湖设立问武院之时，曾经也想过将光阴教收服，却被这困龙阵所困，虽然最终破了困龙阵，却也吃了亏。阵法被破，光阴教精英尽殒，其实也损失惨重。双方各退一步，光阴教不受阅微阁管束，却也从此不许踏入中原之地。

光阴教传下来的书，自然将当时的教主写得惊才绝艳，以凡人之力，逼退仙人，堪称奇迹。提到困龙阵，也是满篇溢美之词，赞它"夺天地之力，守造化之精"，仙人入阵，则灵气四溢，凡人入阵，则波澜不惊，因此又称"困仙阵"。

设若我能出声，一定仰天大笑三声。

搞了半天，原来这种借灵气保命的邪门阵法，对凡人根本没用！亏那光阴教主还真把我当块宝，百般看守起来。

我忽然有点儿同情他，同时也同情自己。

无论我是不是仙人，他既然已经如此对待我，便不会让我活着离开。

一句话：

总之，这回难逃一死。

这是一个很严重的问题。

我想来想去，决定睡一觉再说。

就在我很辛苦地入睡的时候，隐隐约约地听到呜咽之声。有人在哭，离这里不远就是修罗阵了，有人被困在阵中了？

很快，我便明白过来，这是"我"的声音——不管来的人是谁，他们要把他引到修罗阵里去！

老天保佑百里无双或唐从容或者无论哪位高人,不要落入光阴教主的陷阱。

然而这声音哭得太凄惨,夹着含糊的求救之意,任何一个来救人的,都不会忽略这样的声音。

我试着拍门,却发现门不知道有多厚,我就像一只试图撼树的蝼蚁,手都拍红了,铁门纹丝不动,声音比拍巴掌大不了多少。

我想搬把椅子来砸门,却发现桌椅都是铸在地上的。

我四处搜寻,最后,视线落在了油灯上。

只有这样了。我将油灯打翻在棉被上,几乎是立刻,火苗在棉被上蹿了起来,怕它烧得不够久,我把书和其他所有能烧的东西全堆了上去。

现在,老天保佑,高人能看到这里的火焰,然后离开。老天再保佑,在我被烧成烤鸭之前,光阴教主一定要来救救他的"灵气"。

果然,门口很快便有了动静。动静还不小。不是钥匙探入锁孔的声响,而是"咣"的一声响,赫然是有人在砸锁。

我怒。这是哪个笨蛋,快去拿钥匙啊!等你砸开锁我都已经烤熟了!

然而砸锁的速度却比我想象的快。只听"咣咣咣"三下响,铁门被人推开。带着花香的清新空气挟着风涌进来,已经被浓烟熏得眼睛都快睁不开的我,立时精神一振,简直恨不得对来人高呼万岁。

只是,当我看清来人的脸,却意外得连呼吸都忘了。

光洁面庞,冷峻眉眼,长剑如雪。

大约是火光太过刺眼,烟雾太过浓重,我竟然把他看成了靳初楼。

靳初楼。

门外月光盛烈，天地泛白。我想，是我看错了吧。

而他已经掠过来，一个字也没有说，只在那一个照面间，脸上掠过种种情绪，就像一个在沙漠中跋涉千里的人终于看到绿洲，心中的释然与欢喜几乎同门外的月光一样明朗。

靳初楼……

我不能发声的嘴张了张，想唤出这个名字，却做不到。他撕下我的一片衣袖，远远掷向门外某处花海，那片淡紫色纱袖挂在嫩白娇粉的花枝上，迎风招展，分外显眼。

然后，他拉起我，往床底下钻去。

那床也是铁铸的，被褥烧得正旺，铁床已经发红。难道这人疯了？哪里不好躲，偏要来这里找死？我又热又闷又呛，只觉得快要死去，手脚徒劳地挣扎，意识已渐渐模糊。

我想，刚才我一定是花了眼，我一定是要死了，才会幻想见到了靳初楼。

会幻想着他来救我。

就在我觉得自己一定会死的当口，一口清凉空气忽然间涌入肺腑，悠长绵绵不绝，灼热的身心都被抚慰。我的挣扎渐渐停止，混沌脑海慢慢清明，然后就听到纷杳的脚步声，视线已被火光与烟雾隔断，不知道来了多少人。

这些人手忙脚乱地救火，一人道："主人，你看那边，有她的衣袖！"是十四的声音。

"还不快去追！"光阴教主声音里充满惊怒，"留两个人灭火，其余人等，各回各位，严守关口，一旦发现来敌行踪，立刻来报！"

  这些脚步声就像来时那样，极快地消失了。水浇在热铁上的"刺刺"声不断，显然有人在灭火。等火被扑灭，他们便会很轻易地发现我们的行踪。一旦被发现，那就危险了。

  没错，火被熄灭一分，我们就危险一分。我的脑子很清晰地明白这件事情，可是，却无法动弹。

  我连动一动手指尖的力气都没有了。

  烟熏火燎之中，始终在我胸腔里盘旋的那口清新空气，来自他悠长的内息。他的手捏住我的鼻尖，唇覆在我的唇上。超乎我所有想象的亲密，发生在离死亡如此之近的地方，令我有种恍惚错觉，也许，这一切就是死亡赐给我的最后礼物吧。

  如梦如幻，似假似真。

  火已快灭尽，只剩水泼之后的浓烟，那两名弟子大约也受不了这样的浓烟，发现火苗已经灭尽后，就咳得惊天动地地出去了。

  周围终于安静下来，只剩我与他的呼吸。

  当门外充满花香的风慢慢将烟雾冲淡，当我终于可以自己呼吸，他抬起了头，我看到他脸上有无法掩饰的红晕，不知是因为吃力，还是其他。

  我仰躺在灰烬之中，发丝衣襟早已散乱，鼻间仍然充满呛人的烟火气，心里却是充满花香，整个人轻盈得好像要飞起来。

  我想，我是在做梦。

  我不要醒来。

  但靳初楼先离开，把我从床底下拉了出来，我痴痴地看着他，目光一刻也不想从他身上挪开。

  多看一眼是一看，多看一刻是一刻。

是到了这一刻,我才知道自己有多想他。

"你——"

他只来得及说这一个字,就被我抱住了。

我全身心地投入他的怀中,抱住他。什么光阴教困仙阵统统去死,我只要这一刻,我只要这个人。

忽地,我觉得不对劲。

我慢慢收回自己的手,上面腻滑一片,血红。

受伤了?我想问,却发不出声音,我要转到他身后,却被他挡住。"皮外伤,不妨事。光阴教的修罗阵很是厉害,据说当年在阿洛陷住我大晏军的修罗阵便是脱胎于此。"

我用力摇头,脸憋得通红,拼命指着自己的喉咙。他会意,解开我的哑穴,在我胸膛里那句话已经憋得太久,脱口而出:"让我看看——"

话没能说完,被靳初楼捂住了嘴。"随时都有人来,低声!"

"那你让我看看你的伤。"我放低声音,低到有点儿哽咽的程度,手死死拽着他的袖子,眼睛盯着他的眼睛,"如果你硬是不让,我就大叫,把光阴教主喊来。"

"你……"靳初楼很是无语,但他一定看得懂我的眼神,我不讲道理,我要做就做。他终于叹了口气,说:"看似流血不少,其实都是外伤,没有大碍。"

我死死盯着他,不松手。

他低叹一声,终于转过身。

我的眼帘映入一片血红。一道长长的伤口从左肩一直划到右腰,鲜血淋漓,正常人应该躺地哀号,或者号都号不出来,直接昏死过去。

"药呢?"

我的声音在发抖,手也是。

靳初楼把金创药递给我。

金创药极霸道,撒在血肉之上,几乎听得到"刺刺"声响,靳初楼的背脊瞬间挺直。

视野几度模糊,又几度清晰,我尽量不出一声,撒好药,撕下衣袖替他包扎。

他回过身来,我已经擦干了眼泪,向他微笑:"不肯将伤口给别人看,怎么给自己的后背上药?"

他凝望着我:"我没事,你别哭。"

"我没有哭。"我想笑笑,可一低头,眼泪就掉了下来,我拼命想忍,却也忍不住,干脆放弃,任它们直冲而下,哭到哽咽,"我又害你了……靳初楼,我又害你受伤了……"

"别哭,"他笨拙地拍拍我的肩,"再哭,我只有点你哑穴了。"

我哭着点头。点吧,我也不想哭成这样,尤其不想在他面前哭成这样。他抬起了手,最终却是叹了口气,放下手。

算我俩运气好,最危险的地方最安全,光阴教全教上下哪里都搜遍了,却没有一个人往这座刚失过火的铁屋里来。

我终于哭完了,眼睛红肿得快要睁不开。

眼下,我一只袖子撕掉半截,头发想必已经乱成鸡窝,脸上说不定还有黑灰,再看看靳初楼一身血迹……我摇摇头:"我们真惨。"

靳初楼淡淡道:"没有你哭得那么惨。"

我有点儿脸红,想请他忘掉。

"咳,你这伤,是被哭声引到阵法里才受的吗?"

"不,我之前闯入,不识阵法,一时大意。"

"你听出那不是我的声音了?"

"不,我只是觉得,岑未离不会哭得那么凄惨。我以为没有良心的岑未离即使死到临头也会微笑。"靳初楼顿了顿,道,"但现在我知道我错了。"

能不提这事儿吗?

我拼命换话题:"呃,那个……你后来有没有去见皇帝?"

"见了。"

"如何?"

"我确实是当年的三皇子凤延棣,他要叫我一声皇兄。"

"所以,你想要的我已经给你了是不是?"我看着他,心像是落在了一只手里,被握得发紧,生疼,仿佛要挤出汁液,而这汁液都是甜的,连疼也是甜的,"你为什么还要来找我?"

"岑未离,我心中的谜团并未全部解开。我们身上的竹牌,我们同样所会的天人之术……除了你,没有人能为我解开这些秘密。"他的声音低低的,"我不能看着你出事。"

所以,还是为了记忆吗?

我苦笑了一下,心里的甜和疼都消失了,只剩下淡淡的凉意。

对啊,我早该知道的,我和靳初楼之间,除了过去和记忆,难道还会有旁的关系吗?

"哦,那真是多谢你了,大老远跑来救我。"我懒洋洋道,"那么请问靳大寨主,你打算怎么救我出去?"

"等天黑。"靳初楼道,"你正好可以睡一觉。"

我以为我不可能睡得着。可也许是地面还有点儿余温,睡起来意外地舒服,也许是知道靳初楼就在身边,睡起来格外安心,我才躺下不久,就痛痛快快地睡着了。

醒来时暮色降临,不过天还没有全黑。靳初楼闭目打坐,这是他养神的方式。以前在扬风寨的时候,我很爱在他打坐的时候去围观,因为这样可以正大光明地偷看他的脸。可惜他打坐时依然很警觉,往往我刚到门口他就睁开了眼睛,然后一挥袖,"哐当"一声关上门,好几次差点儿砸上我鼻子。

但这次,他眉梢轻扬,双眸紧闭,即使我已经近到了息息相闻的程度,他依然没有睁开眼睛。他一时皱眉,一时悲伤,一时平静,一时愤怒,我睁大眼睛看着眼前这张脸,一时怀疑这是不是真的靳初楼——这么多变的脸色,够他平时用一个月了,不,一年都够用了。

夕阳最后一缕余晖照来,他的额头莹莹生光,仿若玉像。我忍不住伸出手,悄悄地,碰到他的脸。

然后怔住。

那是一层沁出的冷汗。

我绕到他身后,自己的冷汗也冒出来了。

白天上过药、包扎过的伤口,依然在流血,在他打坐的位置,积了小小一洼。

药止不住他的血。

"靳初楼,靳初楼," 我低低地、急急地叫着他的名字,"你醒醒……醒醒。"

靳初楼慢慢地睁开了眼睛。不是平常睁眼便澄明的速度,他的眼睛迷蒙且布满血丝。

"靳初楼,"我的声音再一次哽咽,"你觉得怎么样?"

"不妨事。"他道,语气仍然淡淡,声音里却有了一丝吃力,"大约是伤口上有毒。"

"那怎么办?"

"以我的功力,尚可压制。只是今夜无法带你走了。明天天亮,你为我剜去毒肉,明天晚上我才能带你离开。"

他说得这样轻松,好像不是让我剜块肉而是给他剪个指甲。

但他额上冷汗涔涔,脸色异常难看。

我只觉一颗心在发沉,然而除了用袖子为他拭汗之外,什么也做不了。

夜越来越深,他的呼吸越来越乱,我从未听到过他这样短促的呼吸。靳初楼的呼吸声,悠长均匀,那是他深厚内功所致。纵然我连三脚猫的功夫都不会,也蒙当日在扬风寨受他迫害所致,知道呼吸一乱,便是内息乱了,连运功逼毒都办不到了。

蓦地,他身子一歪。

"靳初楼!"我扑上去扶住他,他身子软软的,触手滚烫,眼睛勉力想睁开,却无法支配受伤的身体。

"靳初楼,你还有没有别的药?什么解毒的药丸之类的,你有没有?"我急急地问,他虚弱地摇头,只摇得一下。

没有解药,他等不到明天天亮了。

以往,只要在他身边,我便什么都不怕,什么都不慌,可是我从来没有想过,坚不可摧的靳初楼也会有倒下的一天。

他的血渗进我的衣服里,就和那一天一样,我总是连累他,我只会连累他!我连累了他,还指望他救我出去!

"靳初楼……"我抱着他,声音颤抖,身体也在颤抖,灼热的泪水滚出眼眶,"你醒醒,醒醒,你不能睡,不能睡,你睁开眼睛好不好?你睁开眼睛,我答应你,我再也不乱跑,我乖乖听话,我跟你回扬风寨,我好好练剑,我帮你找你想要的过去,你想要的回忆,不论你想要什么,我都给你,好不好?你醒醒啊,醒醒啊!"

"别哭……岑未离,你不适合哭……"他微微睁着眼睛,"岑未离适合笑……狡猾的笑,装糊涂的笑,扮无辜的笑,没良心的笑……那才是你……"

"对,对!我会笑的!"我努力露出笑容,"你看,只要你别睡,我就可以笑给你看!"

他看着我,不知道是因为无力还是其他,眼神异样地轻柔。渐渐地,轻柔变成迷蒙,他仿佛是看着我,又仿佛是看着一个梦境,他轻声道:"岑未离,我想念你。你走了,暗中保护你的兄弟都回了扬风寨,有时候,他们会接别的任务,然后来向我回报,有好几次我都很想问一句'岑未离如何了'。但我知道,我不能问了。我想要的你已经给我,你想要的我也要给你。你自由了。你想去哪里,便可以去哪里。从此以后我再也不能束缚你。"

他轻轻笑了一下,我不知道这是不是我第一次看他笑,但这一定是我第一次知道自己有多喜欢他的笑容。他笑了。眼角眉梢,不再冰冷锋利。像一团在阳光下的冰,缓缓化成春水。"你问我为什么要来……对不起,我骗你了,自你走后,我已经明白,过去的早已过去,我是皇族又如何,我是剑客又如何?我就是我。不论我从前姓什么,叫什么,现在的我,是靳初楼。我终于知道那其实不是我想要的,我想要的阅微阁早已给了我,只是我,一直不知道。"

我的眼泪打湿了他的手,也打湿了我的,我拼命擦着眼泪,拼命露出笑容:"你错了,我是阅微阁给你的灾星,自从捡到我,你就总是倒霉,又倒霉,又操心……"我的喉头哽住,说不下去了。

"不要紧,岑未离,那不要紧。其实那一次,你推我下楼,我要顺手拉你下去,轻而易举,可是,我还是放过了你。我一面跌下楼,一面想,如果你还会出现在我面前,便是事出有因,那么,我便不能怪你。而后来你终究还是来到了我的面前……岑未离,那个时候,我很高兴……"

他似已沉浸在迷梦之中,听不到我的声音,也不知道自己说了清醒时绝无可能说的话,他的瞳孔渐渐涣散,声音越来越轻:"可是你没心没肺,又爱惹是非……你在朝为官,我尚且担心,你在这苗疆,我如何放心得下?我自然……要来找你……"

"对,你来找我,你来救我,靳初楼,你要挺住,你不在了谁来管我?我没有良心,我不讲道理,除了你,没有人会照顾我,靳初楼,我只有你,只有你啊——"

我再也忍不住,大哭起来。

设若在任何一天听到他说这样的话,我都会高兴得飞起来。然而,不是今天。不是这样。

我不要,我不要你用性命来告白。

靳初楼,如果非要到死你才会说这样的话,那么,我宁愿你一辈子都对我冷冰冰,永远没有一个好脸色给我。

是我错了。是我错了。

我不该来这里。

来这里之前,我也有过犹豫,但只要想到我在这世上从此孑然一身,无论我去天涯海角还是龙潭虎穴,也都只是我一个人的事,我就觉得来便来吧。

没有你,去仙境或是黄泉,对我来说,毫无差别。

我只想做一些刺激的事,刺激我常常会因为想起你而变得恍惚的心神。

然而我错了。我错了。上天,我不要你用这种方式告诉我,我不要你用他的性命来告诉我,我错了。

哭声惊动了人,火光从门口涌入,驱散了黑暗,亮到刺眼,火光下,光阴教主红衣耀眼。

靳初楼原本已经扩大的瞳孔猛然收缩一下,不知从哪里来的力气,他以剑鞘杵地,站了起来,右手稳稳地握住了剑。

"好,好,好。"光阴教主轻轻拊掌,"真不愧是靳初楼。寻常人中了修罗之花的毒,早已发狂而死了,而靳兄此刻还能拔剑,当真了不起。"

靳初楼没有出声。他已经不能出声了。他的身体已经濒临死亡,是靠一口气强行支撑。我清清楚楚地看到,他后背的伤口渗出紫黑色的血液,整个人只需要轻轻一碰,便会倒下。

我慢慢地、无声地捡起一截烧剩的桌腿,站起来,然后,对准他挥了下去。

他全无防备,应声而倒,我扶住他。

看,全天下唯一能暗算他的,只有我而已。

我抱着他,眼泪已经流完了,只剩泪痕在脸上,被火光映得隐隐有些痛,我望着光阴教主,一字一字道:"拿解药来。"

光阴教主扫视这座面目全非的铁屋:"救了他,你便会听话吗?"

"但你若不救他,我就和他一起死在这里。"我拿起靳初楼的剑，剑柄上还留着他握过的余温，忽然之间我想到了在扬风寨被逼着练剑的岁月，忽然发现，那是多么美好的时光。

我将剑横在自己的脖颈上，微微一笑："我一点儿也不介意和他死在一起，这点教主大人应该知道。"

光阴教主的目光停顿一下："好，我答应你。"

"你们的困龙阵，要到十五月圆之时才能发动，这两天，你派人送来清水食物一应物品，他要在这里养伤。"

"好。"

"我要你发下血誓，送他离开苗疆，中途绝不暗加杀害。"

光阴教主犹豫一下，我用了点儿力，好像拉动二胡的弓那样，在脖子上拉了一道口子。

奇异地，竟然感觉不到疼。好像割在别人身上。

我不介意把口子再拉大些，靠在我怀里的人无知无觉，这道口子再深一点儿，也许我就可以去陪他了，这真的不是坏事。

光阴教主立刻咬破手指，立下誓言。光阴教的教义我白天才研究过，平常誓言形同废话，在众人面前发下的血誓却是要至死遵守。

清水、食物、药，都依约送了进来。十四守在门外，屋内，又剩了我和靳初楼两个人。

我抱着靳初楼，想紧紧将他揉进骨血，又怕手太重，弄疼了他。又矛盾又渴望，我痴痴地看着他的脸。

他的眉头还是皱着的，就像他常常对我做的那样。

对不起，靳初楼。

我喜欢你，靳初楼。

再见了，靳初楼。

我轻轻抚着他的脸,心头有着被撕裂的疼痛,比这疼痛更汹涌的,是汪洋般的温柔,我感到自己的内心如此柔软,仿佛要化成水。

眼中的泪轻轻滴到他的脸上,我的脸贴上他的面颊:"多谢你,靳初楼。"

多谢你来找我。

多谢让我遇上你。

多谢上苍,你没有给我记忆与过往,却给了我与他相识的日子。我一直觉得你待我不错,今天更是如此。

第九章 困仙

解药很管用。

靳初楼伤口处的血很快由紫转红,苍白如纸的脸色也稍稍缓了过来。我把他送上马车,马车带着他踏上去中原的归途。

我仰天轻轻呼出一口气,天空回以无垠的蓝。它蓝得真是美丽,就如一块纯净的玉石,温润无瑕。过不了多久,西天涌上晚霞,当霞光退去,天空变成深蓝色,人世间便又过去了一个昼夜。

今天是十五了。月亮自山顶升起,巨大而浑圆,奇异的金黄色,隐隐有龟裂的纹路。我离开囚牢,踏着月光,跟随光阴教主进入困仙阵。

月色极好,花海中有浓郁的香气蒸腾,这一刻的光景不似人间。

我走着这辈子最后一段路,奇怪的是心里竟然一点儿也不沉重。我享受着这花香月色,不知为何思绪已经飘飞到好远,脑子里开始想一些虚无缥缈的事。

远方仿佛有仙山在云气中若隐若现,脚下凭空生出的桥梁,无数道流光掠过天空,那是一个个踏剑而来的剑仙……

"到了。"光阴教主道。

困仙阵的最深处，是一方巨大的石台，位于花海的最中央。石面光洁如镜，仿佛可以照出明月的倒影。石台周围，数十名光阴教弟子各就其位，双手结着奇怪的法印，长老在中间口中念念有词。光阴教主缓缓转过身来，凝视我："岑未离，设若你只是普通女子，我或许会舍不得你。"

"教主大人，说话可要算话。"我懒洋洋地站在石台中央，"很快你便知道，我压根儿不是什么仙人。"

光阴教主道："若如此，我必定放过你。"

说完这一句，他飘然退至石台之外。

长老口中的法咒已经诵完，突然发出一声惨烈呼喊，一腔热血洒上石台。仿佛可以听得到"轰"的一声响，石台之上骤然涌现淡淡光幕，丝丝流霞在里面翻转不息。

几乎是在光幕升起来的同一瞬间，我的胸口蓦然一窒，像是被千斤巨石压顶，登时喘不过气来。

光阴教主身上，却是劲风激荡，宽大衣袖鼓了起来，就如同生出一对羽翼，我怔怔地看着这一切，气力自身上急速消逝，淡淡的流霞从我身上向着石台外的光阴教主身上淌去，那霞光真美丽，比晚霞更为绚丽，却毫不刺眼。

我嘴里发出一丝呻吟或者叹息，整个人软绵绵懒洋洋直欲睡去，眼皮再也撑不住，却在合上的最后一丝缝隙里，瞥见一道熟悉的人影。

应该是幻觉。

这一次，真的是幻觉了。

不过，能死得这样舒服，还能在死前再一次见到他，上天待我真是不薄。

我的嘴角浮起一丝笑意，闭上了眼睛。

神识深处，流光霞气，如水，如天，将我淹没。

当剑气自身后涌来，十四第一个反应过来，然而他的剑还来不及拔出，那无匹的剑气便将他的剑折断。当冰冷的疼痛传达到脑海的时候，身边的同伴已经倒下，正在困仙阵外吸取阵中灵气的光阴教主身形猛然一震，似也遭受重创。

这是他所能看到的最后一幕了。

石台周围八八六十四名光阴教弟子在同一时间死去，数以万计的花朵飘离枝头，在剑气中被绞得支离破碎，化为红泥点点落下。

光阴教主震惊地看着这毁天灭地的一剑，即使是刚刚吸取过灵气的身体，也无法抵挡如此充沛浑厚的剑气。

这不是属于人世的剑招。

"嗯……"

一口鲜血自光阴教主口中涌出，与众弟子如出一辙的伤口同样夺去了他极力珍惜的生命，他指着剑气最中央的人影，嘶声道："靳初楼……"

他没有机会把话说完了。

永远没有。

剑气尚未散去，靳初楼执剑立在花海中央，周身花枝凌乱飘飞，尽皆成泥，他的发丝衣角却分毫未动，他静静地站着，立于风暴的风眼中，奇异地宁静。

后背的伤口已经崩裂，他的身体却已经感觉不到疼痛。

"还想继续握剑的话，就不要再用这种不要命的剑招了。"

神医央落雪的话仿佛还在耳畔，七年来，作为一名剑客，哪怕再渴望那种惊天动地的力量,也时时克制着,不让剑尖再重复那一招。

那不是他的身体能够驾驭的力量。

那不是属于人间的力量。

这种力量一旦展现,首先摧毁的便是他的身体。鲜血自伤口涌了出来,滴到花枝上,涌进泥土里,鲜血会带走力量与生命,而他必须在那之前,把她从那石台上拉出来。

发动阵法的力量已经消失,石台上的光幕却还在,里面霞气翻涌,如云如海,如同另一个世界,她躺在那儿,一动不动,嘴角噙着一丝笑意,仿佛下一瞬便会睁开眼。

不要死。

岑未离,不要死。

内心有这样的声音汹涌号叫,嗓子却已经无法出声,他以剑为杖,奔到她面前。原以为那片光幕会成为障碍,然而没有。他直接穿透了它,就像穿透一片清风。

他终于来到她面前。

这个人,就是这个人。他还记得他第一次见到她的脸,便是这般模样。那是个云高气爽的秋天,他在望舒山某片山脚处醒来,发现多了个女人。她安稳地合目而睡,嘴角犹带着一丝笑意。是的,就是时常出现在她嘴角,那丝懒洋洋的笑。

那就是阅微阁给他的答案。然而很长一段时间里,他觉得那是阅微阁给他的麻烦。

自有记忆以来的数千个日子,从未有过的烦恼和忧心,都因她而起。

她仿佛天外来人,他永远不知道她下一步会到哪里,会做什么。不停地跟在她后面收拾烂摊子，尽可能地让她待在他所能照看的范围之内，仿佛就成了他的命运。即使是在问武院教弟子剑术的当口，心头也会忽然一跳，因为无由地想起了她。

而想起她，一定没有好事。

只是，为何自己会甘之如饴？

她已经为他找到了身世，他们之间的联系完全可以斩断，然而，当得知她来了苗疆，他一刻也没有犹豫，立即赶来。

保护她已经成为习惯，而他不想改变。

只是，原谅我，还是没有保护好你。

他伸手轻轻碰了碰她的头发，然后发现自己的手竟然在颤抖。他尝试着将手伸到她的鼻前，终于，一丝极轻微的鼻息喷到手指之上。

那一瞬，他几乎是狂喜的。一直支撑着他的力量消失，他跌倒在她的身边。她的脸近在咫尺，他用尽最后一丝力量，将她揽进了怀里。

唇轻轻印在她的发际，陌生的热流自眼中涌出来。

在将死之际，请让我抱抱你。

这是你要我做，而我从来不做的事。只可惜再也没有机会告诉你，那只是因为我不敢。

在我不容许任何意外的人生里，你是最大的意外。我知道一旦我踏出这一步，将永无回头之日。

只是我傻。何须回头？

他轻轻握住她的手，光幕内霞光流荡，他看不到，这些霞光不但来自她的身上，还来自他的。

所有的力气消失，霞光慢慢自他身上荡开，他的眼睛闭上，脑海深处,似也有这样的流霞无数。

山中错落着许多玲珑屋宇,眼际忽而闪过一抹流光,看得清楚一些,才发现那是一柄流光四溢的剑。

有时候赶上山中有什么事情发生,天空中便有许多人御剑往来,那时看上去,整个天空都被这些流霞笼罩。

非常美丽。

那时还太小,已经不记得自己第一次上山的情景,第一次看到漫天流霞时的震撼,却怎么也忘不掉。

"此子是剑道中人。"带自己上山的年轻修真如是道。

修真有着美丽的、已经不属于尘世的容颜,他温和地看着他:"好好修行,你会有修成剑道的一天。"

他点点头。

不单是因为向往剑的力量与美丽,还因为他没有别的选择。

望舒山的世界,除了剑,还是剑。

每个人生命当中最重要的事,就是练剑。

只有一个人例外。

和天天与他一起练剑的师兄们不同,她偶尔才会出现。并且总是一副懒洋洋没有睡醒的样子,旁人在练剑,她就抱着剑在旁边打瞌睡。

但不知为何,师父竟然也不去说她。

若说她是望舒山最懒惰的弟子,那么,靳初楼便是最勤奋的弟子了。早上天没有亮,他便已在练剑,晚上天已黑,他还在练剑。他对剑有一股自己也说不清的热忱,仿佛只有握剑的时候才能安心。

才不会惶惑，不会追忆茫茫过去，那些依稀的影子早已模糊，却又藕断丝连，牵扯不断。

他向着星空吐出一口长气，继续挥剑。

"喂。"

头顶忽然传来一个柔和的声音，跟着这声音一起的，还有一样东西，他闪身避过抄在手里，原来是颗栗子。

"练得这么长吁短叹，不如歇会儿吃个栗子吧。"

头顶的声音这样说。他却看不见人影，还以为是成道的哪位师姐捉弄他，却在月色下见到浓密树叶底下两只不停晃荡的鞋子。月白色，小巧玲珑。

"是谁？"

"我。"树上的人拨开树叶，露出一张小巧面孔，面孔上挂着懒洋洋的笑意，"我叫岑未离。"

是……她。

"……我叫靳初楼。"

"我知道。"她颇为费力地爬下树，中间还险些跌下来。靳初楼忍不住道："设若你好好练功，便不用这么辛苦。"

岑未离皱了皱鼻子："练功才辛苦呢，我一点儿也不喜欢剑。"

"那师父怎么会带你上山？"

"谁知道。"不过她很快便兴奋起来，"靳初楼，我听说你是五岁才到山上来的。"

"嗯。"

"那么人间的事，你一定记得住。"

人间……听上去已经这样遥远了……他微微顿了一下："差不

多都忘了。"

"那你记不记得镖局、钱庄和客栈?"

靳初楼摇头。

"卖艺的见过没?"

摇头。

"宰相家的千金和赶考的书生呢?"

摇头。

"皇帝呢?"

靳初楼怔了一下,依稀掠过一个着黄袍的影子,但太模糊了,捉不住,于是摇头:"我都不记得了。"

"唉,好可惜。"她好像很遗憾似的,一屁股在草地上坐了下来,从怀里摸出一本书,怅然道,"我以为你见过这里面写的东西呢。"

淡淡月色下,靳初楼瞥见那本书的封皮,《玉钗记》,心猛然跳了一下:"你……你偷看禁书!"

"什么偷看?"岑未离懒洋洋道,"它光明正大摆在书楼里,我光明正大拿下来看,哪里偷了?"

可这些传奇小说,是作为一道"障"而放在书楼里考验弟子们的啊!

靳初楼不由得皱起了眉头:"岑未离,你这样,便是入了障,难成大道。"

"谁要成道?"岑未离撇撇嘴,"我觉得修道的日子无聊得很呢。你难道不觉得吗?"

靳初楼没有回答。

后来的日子里,他常常会在晚上遇上她。

她时常爬到树上或者躺在地上，仰望星辰，并一一说出它们的名字和寓意，他惊讶于她读星术之高妙，她吐了吐舌头："我只不过是因为无聊罢了。我看到剑就想睡觉，白天睡过了，晚上就睡不着，只好看星星咯。星星比剑好看吧？"

夜空深蓝，星子璀璨，夜晚的望舒山如此宁静，草木散发着沁人心脾的清香。虽然他从不觉得星辰与剑是可以放在一起比较的两样东西，但此时望着身边人的脸，却无法摇头。

"你喜欢就好。"他回过头去，没有再看她那张在月光下好像也有淡淡光芒的小小面孔，难以解释心中如水一般的波动，声音却格外沉了下来，"只是莫要被师父知道。"

"师父知道也不要紧，他正巴不得我学会读星术，去阅微阁给他当知书人，打点人间江湖事，我才不乐意呢。"岑未离说着，叹了一口气，"我只想去人间。"她忽然将头凑到他面前，"你想不想去？"

人间……模糊的记忆里也曾有温暖的灯光与怀抱，那是这高高在上的地方所不曾有的。

"可是，要等修成大道，才能下山。"

"大道！那得几百年啊！"

"嗯，是很久。"

两个少年都低低地惆怅地叹了口气，月光如同时光，照耀在他们身上。专注练剑的少年与爱看禁书的少女在一起，渐渐地长大了。靳初楼的身形渐渐挺拔，持剑的模样如同劲松立于雾渊之畔。岑未离在白天出现的时间越来越少，练剑时，连打盹的影子都见不着了。师兄弟们说，岑师妹是要去打理阅微阁的。

靳初楼不信。

第九章 囚仙

阅微阁是师尊一统江湖之后在望舒山设立的,在众多的仙山中,那是唯一一处打理俗世之事的地方。许多同道劝师尊放弃这俗物,然而师尊在离开皇宫之时便发下愿,要给大晏一个太平江湖,让继位者治理太平天下。

他没有食言。

只是,一旦成为知书人,所有的时光便要用来察知江湖中各种琐事,惩恶扬善,再没有自己的时间,那正是岑未离最厌恶的。

何况,小时候,她亲口说过,她不想当知书人呢。

然而,三天后的一个夜晚,他在老地方练剑时,一直坐在边上看的岑未离忽然道:"小楼,我要当知书人了。"

他一震:"为什么?"

"因为……我没有办法……"女孩子掩住了脸,哭了起来,"师父逼我去,说我不去,就要杀了我……"

像是有火焰腾地在胸口燃烧起来一样,几乎是立刻,他向师父的住所而去,而衣带却被拉住,转过头来,他看到岑未离讶然的、一滴泪水也没有的脸:"你真信啊?"

"你——"发现自己被耍了之后,不知道该愤怒还是该为她松一口气,靳初楼皱起了眉头,"你怎么能开这样的玩笑?"

"我们什么玩笑没开过?"她笑眯眯地凑近他,用食指托起他的下巴,"但是小楼,为什么你每次都上当呢?你不要这么相信我好不好?"

靳初楼拍开她的手。

"生气了?"

靳初楼没有理她,重新开始练剑。

"那个……我是真的要当知书人了哦。"

他仍旧不理。

"笨蛋，这次是真的啦！"

他就当没有听到。

不知道从什么时候起，无论她骗他多少次，他都会相信。每次都告诫她"下次不可以再如此"，但，下次被耍的人还会是他。

她说："你看，这座山上，就你爱和我待在一起啊。"言下之意，"不骗你骗谁啊"。

他也发过脾气，有几天不理她，但是，她会一直守在他有可能出现的任何一个地方，死缠烂打，软磨硬泡，再坚定的念头，也会被她慢慢软化。

而这一次，她却没有再出现。

接连两天，推开窗子的时候，她没有突然从窗前冒出来；开门的时候，没人笑眯眯地喊"小楼"；吃饭的时候，没有人故意往他的饭里埋辣椒；睡觉的时候，不会因为掀开被子发现另一个人躺在里面而惊得险些拔剑。

都没有。

她就像消失了一般，安静。

那一夜，他来到他们常常一起聊天的草地上练剑，月光如水，照耀着一个人，千秋万古般的空茫寂静，伴随着清冷的月光洒下。只因为她不在身边，这月色都寒冷起来。

他终于决定去找她，哪怕再被她取笑欺骗，也没有关系。

因为，他已经习惯了。

然而当他转过身，看到的却是师父。

师父站在那儿看他练剑，不知道已经有多久。

"可惜了这样的好剑术……"师父的口气里微有叹息之意，

第九章 困仙

"初楼，你明日下山吧。"

靳初楼以为自己听错了："什么？"

"每一任知书人上任，我都会答应他一个条件。而这次，未离的条件便是让你下山。"师父看着他，目光温柔，"初楼，下山之人不可以带走望舒山的记忆，我会封住你的全部记忆，你下山之后，需要从头来过。"

靳初楼只觉得震惊："岑未离……真的要当知书人？"

"不错……"

师父还说了些什么，靳初楼已经无法听到了。有生以来第一次，他在师父话未说完时，便转身离开，飞身直奔岑未离居住的小楼。

小楼幽静，一缕灯光自窗前透出，甚至来不及敲门，他直接从窗中掠入。

岑未离正对着镜子梳头。

她从不梳髻，头发自来便披散着。不算很深的发色，如她的眸子一样，淡淡的棕色，泛着温润光泽。她已经换上了知书人所穿的白袍，看上去，格外瘦弱。看到靳初楼进来，眉眼弯弯一笑："咦，靳初楼也会爬窗子了？"

"岑未离，你——"靳初楼满面皆是厉色，内心愤怒，话却不知道该如何说，直恨不得两记耳光打醒她，"你去做知书人？你可知道，你真走进那座竹楼，除非下一任知书人接替，否则永远都无法下楼！我——"他恨恨，"我根本就不想下山，你这样做，不但害了你自己，还害了我！"

"傻瓜。"看着面前气息汹涌的人，岑未离却只是微微一笑，"你以为我是为了你吗？我当然是为了我自己。"

"你自己？"靳初楼抬高了声音，"为了你自己，你把自己关进竹楼？"

"阅微阁三年一届知书大会，江湖中最顶尖的十个人会被请上山。他们每个人可以问一个问题，或者提出一个要求，自然答不答应全看我的心情。"她站起来，拍拍他的肩，"小楼，即便你记忆被封，也必定有朝一日，会到阅微阁来。"她微微一笑，神采飞扬，"到时候，你就带走阅微阁的知书人。"

靳初楼为她的目中神采所摄，顿了一下，才道："你在犯什么傻？我的记忆既已被封，如何又记得你？"

"这个嘛……"她摸了摸发梢，忽然笑了，"就看运气咯。"说完，她将两手一摊，"反正明天一早，我这个知书人是当定了，师父好不容易逮着一个人，哪里能让我反悔？而你，下山之后一定要埋头苦干，早点儿救我出苦海，知道吗？"

当他已经忘记一切，还会记得她的话吗？

她好像完全不担心这一点。

那一夜月光清朗，当星子淡去，晨光熹微，师父已经来到楼下。

岑未离笑着下楼，经过他身边时，忽然抱了他一下。

"不要忘了我。"

她笑着说。

然而因为是低着头的，他没有看到她的眼底有泪。

这是一场看起来几乎必输无疑的赌博，然而她赌的，便是一个人无论如何都会记得她。

如果输，至少他能够下山。如果赢……她抬起头，微笑了。

于是他最后看到的，便是她微笑的样子。

第九章 困你

当这一切被封印,他花了七年的时间,踏上江湖中人梦寐以求的小楼。一楼还是寻常人间摆设;二楼入眼便是一片浓雾,瞧不见边际。

一个柔和声音道:"靳初楼,你来了。"

声音有轻微的颤抖,仿佛已经等了他太久。

这声音如此柔和,如春风拂过花蕊上的露珠,落在耳中,让人忍不住叹息。设若他听过,他必不会忘记。

然而他如果没有听过,为什么会觉得这样熟悉?

"你……"那声音顿了顿,再一次开口,"有什么要我做的吗?"

有。当然有。他想要知道自己的身世。想知道自己失落的记忆。这七年来,他一步步走来便是为此。只是,为什么站在这片浓雾之中,听着这个陌生又熟悉的声音,脑海里,却有一个念头,如同春笋破土而出,如同长江奔流向东,如同尘世四季轮转,如同星辰万古不灭,无论什么都无法阻挡的汹涌之气,在身体里呼之欲出。他清晰地听到自己的声音,他道:"我要你跟我走!"

尾声

星辰将落之时,天地间一片黑暗,但东方隐隐有一抹淡白曙色,预示白昼即将到来。

四下里花香似海。

当我慢慢睁开眼睛,见到的便是这样的情景。天边最后一颗星将要落去,我习惯性地想了想,却发现自己已经叫不出那颗星的名字。

我没有费太多的心思去想,因为很快我便看到了靳初楼。

他安稳地睡在我的身边,我的头枕在他的胸前,听到他沉稳的心跳,一下,一下,又一下。

像是感觉到我的目光,他缓缓睁开眼睛。

四目对视,仿佛已经过了千年。

天上人间,我们终于来到了彼此的身边。

"我居然赌赢了。"大脑里冲进来太多记忆,我消化了之后,对自己充满敬佩之情,"我真的好厉害。"

但靳初楼的脸色并不是太好,他道:"从天上到地下,我都很想捏死你。"

我莞尔一笑:"我信。"

尾声

　　和风细细,花香绵绵,我们四目相对,漫长的时光,所有的言语,都在目光中融化。

　　"小楼,我不是送走你了吗?怎么回来了?"

　　这话不说还好,一说之下,靳初楼脸色更难看了。"我虽然身体支撑不住,神志却还清醒。你说了什么,做了什么,我清清楚楚。"

　　"清清楚楚"四个字,咬得特别重。

　　我只好笑眯眯道:"抱歉抱歉,又暗算你一次。"

　　"人们道歉的时候不应该嬉皮笑脸。"

　　"人们告白的时候也不应该半死不活,连眼睛都睁不开吧?"

　　靳初楼闭上了嘴。

　　我就知道,那些话,如果是在正常情况下,他一辈子都不会说出口。

　　"嗯,在望舒山混过的人感觉就是不一样啊,我想我们应该是活了下来。"我起身想看看周围是个什么情况,刚坐起来,却陷入一个温暖怀抱,靳初楼的声音低低传来,低沉,柔和,"岑未离,我终于找到你了。"

　　这是七年前的小楼,还是现在的靳大寨主?

　　都不重要,重要的是,时光轮转,我们终于又在一起了。

　　四周暗香浮动,那片花海看起来好像遭了不小的劫难,原来的阵势仿佛已经不再成形。不过,草木原本是最富生命力的东西,旧的花枝断去,新的花枝又生长出来,重新开放。

　　石台上的光幕已经淡去,四周光阴教教众的尸首已被掩埋,泥地上却插了不少香烛。

"难道有人在祭奠我们？"我道。但不可能啊！这是光阴教的地盘，他们没有冲上来将我们乱刀砍死便是万幸了。

"嘘。"

靳初楼做了个噤声的手势："有人来了。"

果真有人来了，还不止一个人，大老远就听到他们的声音。

"……今天你家来得真早啊，我还以为我们是第一个咧！"

"大家谁不抢早？你没听说吗？仙人降世，朝廷都要派人来咧！"

"啊哟，那咱们可得抓紧祭拜，说不定哪天仙人就要给朝廷接走了。"

"是啊是啊！"

随着这样的议论声，四五个苗疆百姓穿过花海，走到我们面前。见到我们，忽然一愣。

"众位乡亲……"

我露出笑容，待要打听打听情势，谁知这几个人却像是见了鬼似的，将手中的篮子一抛，香烛鞭炮撒了一地，众人回头便跑，靳初楼喝道："站住！"起身便要去追，轻功却像是无法施展，他走出两步，愕然发现这个事实，顿住。

但那句"站住"，却似仙音纶旨，令那几个百姓乖乖回来，跪地叩头："大仙恕罪！大仙恕罪！小的们祭拜了两个月，从未见大仙醒来，因此吓了一跳。望大仙恕罪，恕罪！"

大仙？

我们？

还有，两个月？

"怎么回事？"我点一点其中一位四十来岁的女子，"这位大婶,你来说。"

女人比男人会说话,简直是千古不易的事实。不消片刻,我们已从大婶嘴里得知了一切。

原来当天靳初楼天人一剑,光阴教顶尖人物悉数战死,剩下一些喽啰,压根儿不知道什么困仙阵。他们一觉睡醒,忽然发现教中的大人物统统死在这里,而石台之上的光幕笼罩住两个人,刀枪不入,水火不侵。只因那仙霞灿然,卖相好看,大伙儿便一致认定我与靳初楼是仙人下凡,而死去的光阴教教众,自然是忤逆上仙,因遭雷击而死。余下的教众一哄而散,光阴教从此而灭。此处有仙人的传说则不胫而走,附近的乡民开始来祭拜,据说还颇多灵验。

我一边听,一边点头,靳初楼的眉头,却是越皱越紧。待大婶说完,我道:"我二人确实是天上神仙……"

这一句一出,跪着的人满面惊喜,头磕得越发快,感觉到靳初楼的视线,我咳了一声:"不过,我二人的尘缘已了,在此的时日已经不多了,你等须谨慎持家,与人为善,自有福报。都回去吧。"

几人千恩万谢地去了。我俩随后出了山谷。两个人都是身无分文,而要回中原总需要盘缠。

靳初楼解下了剑。

我吓了一跳:"你做什么?那不是你的命吗?"

"已经不是了。"他道,"我已经得到了更重要的东西。"

我歪着头:"是我吗?"

他不肯说了。真是不解风情。

"喂,"我看着他,"你还会那样的剑招吗?"

"你呢?"他不答,反问,"你还会读星吗?"

不会了。

在望舒山十余年的灵气，终于被困仙阵化去。不过，它至少救了我们两个的命。

而只要有命在，就会有一切。

"这个地方，你拿把菜刀来，也许能多当点儿钱。你看看街上，谁会拿剑拿枪的？真是一点儿眼力见儿也没有。"我找了个巷角，把外衣脱下来，再顺手把靳初楼的外衫脱下来，自己披上。

当铺的老板虽然不认得三品官员的服色，却认得衣服的料子，这种极品的衣料十分难得，即使衣服已破，凭这料子，再剪裁修补一下，依旧能卖得好价钱。于是我们得到的钱足够买马和干粮，还够我买一身衣服。

换上新衣服的时候不小心，一只匣子跌了出来，被靳初楼拾起。

我板着脸道："君子拾金不昧，还我。"

他却没有给，目光落在那匣子上，嘴角有一丝淡淡笑意："一直带在身上吗？"

苗疆的阳光明媚极了，照得人纤毫毕现，他的嘴角有一丝很浅的笑纹，点漆眸子里有柔和温润的光采，我呆呆地瞧着他这丝千年万年难得一见的笑颜，忽然扑上去搂住他的脖子："靳初楼，你以后每天都要笑给我看！"

他的脸有些发红："说什么呢？"

"你笑起来，比百里无忧还好看！"我当真是爱极了这个人，就在他脸上亲了一口，"小楼，小楼，我的小楼。"

他眸色渐浓，气息有些紊乱，却捉住了我的手，低声道："现在不是做这些的时候。"

我眨眨眼："那要到什么时候？"

"回扬风寨之后。"

我笑眯眯："回扬风寨做什么？"

他简短地答："成亲。"

"为什么？"

"在世上，如果两个人想长久地在一起，最好的办法就是结为夫妇。"

我想了想，说："也行，不过，咱们要先去汾城绕个弯。"

"等我们到汾城，确实已经是桂花开的时候了。"他点点头，"就随你。"

"然后还要去丹阳。"

"那又是做什么？"

"我在丹阳南山庵出家的时候，曾经求菩萨赐我一名如意郎君，要长得像靳初楼一样高，声音像靳初楼一样好听，眼睛像靳初楼一样好看，抱起像靳初楼一样舒服……"我满意地看到他脸上舒展的线条，"……所以现在要去还愿。"

大约是我的马屁拍得好，他点了头："依你。"

"去完丹阳之后，再去京城……"

他终于忍不住了："去京城又有什么事？"

我讶然："你忘了吗？我是朝廷的大官哎！我成亲，自然有好多人来送礼，怎么能不收？再者，杜经年是一定要请的吧？我要去杜府送请帖……"

他忍住一口气："什么时候去扬风寨？"

"哦，再去一下问武院……"

他的眉毛挑了起来："岑未离，问武院也有你的好友吗？请帖

我自然会送的！"

"非也，非也。去问武院是因为我很想看看问武院，而上一次只瞄到一丁点儿便被你轰了出来，真是好生可惜……"

"岑、未、离。"他一字一顿地唤着我的名字，声音里有久违的压迫感，"你到底想不想成亲？"

"嗯……"我低低回了一声，在他的脸色柔和起来之后，忽然一扬马鞭，打马飞奔，迎着丽日，大笑道，"在你陪我玩够之前，是不想的。"

苗疆多是高山，道路崎岖幽长，马不敢跑太快，他很快便会追上来。然后我们一起往前，朝看风中花落，暮看星沉天河，春风起时沉睡，雪月之夜举杯，岁月如同河流慢慢从我们身上淌过，我们会慢慢老去，会慢慢死去，到最后一日，我也会笑着握着他的手。

这便是我要的一生。

这一生还有漫长的时光，这一路还有无数的良辰美景，靳初楼，我只想与你共度。而我知道，你必定也是如此。

身后有马蹄声响，是他追了上来。

我迎风微笑，风吹起我的发和衣。时光悠悠，汾城的桂花快开了呢。

—正文完—

番外

萧长安复仇记

一

我的仇人是靳初楼。

靳初楼夺走了我的快乐、幸福和梦想。

我发誓要报仇。

昨天我收到可靠消息,靳初楼今天会回问武院。

于是我一早就在必经之路上等着,安排机关,守株待兔。

可太阳从东边掉到了西边,靳初楼依然没有出现。

不过没关系,这样我可以多布置一点儿陷阱。

"小朋友,你在干吗?"

正在我埋头苦干的时候,有人问。

"别叫我小朋友,我已经五岁了。"我冷冷地说。

这人头发比我的还短,踩着一双木屐,挎着一只包袱,歪着头蹲在我面前,笑眯眯地道:"哦,是哦,都五岁了,确实不小啦,那请问兄台尊姓大名?"

从来没有人叫过我"兄台",也没有人问过我"尊姓大名",而且他笑起来眼睛弯弯的很像我家大咪打哈欠时的样子,我想他是个好人。

"我姓萧,我叫萧长安,我爹叫萧恒,我娘叫云丽姬,我爷爷叫萧平君,我奶奶已经不在了,所以我不知道她叫什么,我的爷爷是问武院院主……"

等等,是不是说太多了?虽然他看上去像个好人,可还是陌生人。"你叫……不,你尊姓大名?"

尊姓大名,我觉得这四个字真酷。

"我叫岑未离。"

哦,那现在没关系了,我继续道:"我最喜欢的人是我娘,最喜欢的东西是糖果,最喜欢的动物是大咪……"

"等等。"听到这里,他从包袱里掏啊掏,掏出一盒东西,还没打开我就闻到了香气!甜甜的香气!是糖!

"我也喜欢糖。"他露出大大的笑容,"这是用一棵好大好大的桂花树上的桂花做的,很好吃哦。"

我看着面前的糖,拼命咽口水。

"可是,我不能吃。"

"为什么?"他自己吃了一颗,"你的牙坏了?"

不,我的牙好得很,门牙又大又结实,娘说至少还能再用三年才会换。

"你娘不让你吃？"他又吃了一颗。

不，我娘最好了，不论我想吃什么都会给我，真正可恶的是那个变态靳初楼！

我愤怒地接着挖坑。

岑未离研究了一下我的坑："这个是用来干吗的？"

"陷阱。"

"什么陷阱？陷小狗的？"

"我为什么要陷小狗？"小狗那么可爱！"我要陷我的仇人！"

"你有仇人啊！"岑未离肃然起敬，"但这坑太小了，我来帮你。"

路见不平，拔刀相助。他真是个好人！

"谢谢哥哥！"

"叫姐姐。"面前的人依旧笑得眉眼弯弯，"再叫哥哥的话就把你埋坑里哦。"

"咦？"

二

挖好坑灌好水之后，我抱着罐子带着岑未离爬上旁边的大树。

"这是什么？"她问。

"暗器。"

"哇，厉害。"

"我可以给你看一下，但你不能叫出来。"

我打开罐子，里面是蠕动着的蚕宝宝。

"呃……你觉得靳初楼会怕这个？"

"才不是。"我白了她一眼，"爷爷说这次靳初楼会带他的新娘子来,只要是女人,就一定抵挡不住这个。"比如我娘,每次看到都尖叫……等等,这个女人为什么不叫?

不但不叫,还拿手指戳一戳,一脸惋惜:"很肥呀,都快结蛹了,拿油一炸,很香的。"

我看着她:"这位姐姐。"

"嗯?"

"你真的是女人吗?"头发这样短,并且没有穿裙子,上衫下裤,衣裳的款式跟我的一模一样。

她笑得眉眼弯弯:"再敢怀疑就把你炸来吃哦。"

我闭上嘴。

星星在天上闪烁,虫子在四周低鸣,大路上还是没有一个人影。

"怎么还没来?"我已经等了一整天了!

"嗯,王福记的生意好,队排得长嘛。"

"什么?"我叫了起来。

"王福记的臭豆腐啊,平阴城里很有名的,你不知道吗?"

我当然知道王福记的臭豆腐,可靳初楼怎么可能吃那种东西啊?曾经有一个师姐带去院里吃,活活被靳初楼这个变态罚跑三十圈啊,理由是她侮辱了剑。

当然那次我勉强赞同他,毕竟那东西真的太臭了。

现在,风中就传来这样一丝臭味。

然后,月光下才出现一道人影。

靳初楼!

我心跳得快得不得了,忍不住挺直了背,因为那道人影即使是走在路上,背脊也是这样挺直。

他整个人就像一柄剑一样,和上次离开问武院时没有什么分别,就好像从来没有离开过一样。

不过,为什么是一个人?他的新娘子呢?

啊,近了,近了,他快要踩到陷阱了!

"往前一点儿,往前一点儿……掉下去……掉下去……"

这是我的心声,却不是我说出来的,我身边的家伙两眼发光,念念有词。

可惜靳初楼没有如我们的愿,他在陷阱边上停了下来,开口:"出来吧。"

我哆嗦了一下,就想乖乖下去。问武院里,没有人能反抗这个人的命令,连我……我也不能。

但岑未离按住我。

她很有种!

靳初楼道:"冷了就不好吃了。"

有种的岑未离"哧溜"一下就下了树。

我只好跟着一起下来。

"谁挖的?"靳初楼指着那个陷阱。真奇怪,我们明明掩盖得这么好,他到底是怎么看出来的?

"他!"

"她!"

我俩的手同时指向对方。

"好吧,是小安安挖的。这是小安安欢迎你的仪式,我觉得这想法不错,所以就帮了点儿小忙。"岑未离说着把我的罐子打开给靳初楼看,"小安安还给我们准备了夜宵,真是个好孩子。"

我不叫小安安!

我也不欢迎靳初楼!

那更不是夜宵!

"把蚕宝宝还我!"

我跳起来去抢。

结果,一脚踩空。

"所以害人之心不可有啊,小安安。"

头顶飘来岑未离带着笑意的声音。

三

"脱。"靳初楼道。

我抓着裤子,忍着眼泪,用力摇头。

一摇头,眼泪跑出来,更想哭了。

"衣服湿了会着凉的。"岑未离道,同时往嘴里塞了一块臭豆腐,"要不要姐姐帮你脱?"

话音才落,我面前寒光一闪,然后身上的衣服一片片地碎掉,靳初楼还剑入鞘,纠正岑未离:"是师娘。"

"听起来太老了。"

"不可错了辈分。"

什么?这个头发短短、穿得像个男孩子的人,就是靳初楼的新娘子?

我太吃惊了,吃惊到过了好一会儿,才发出一声惊天动地的号哭。

我我我被别人看到光屁股了!

我不想活了!

我跳进陷阱溺死算了!

可还没奔出,就被靳初楼拎了起来,跟着一件东西把我包裹起来。是岑未离的包袱皮。包袱里的东西散得七零八落,她牵起衣摆就那么兜着。

里面有衣裳,有书,还有一些稀奇古怪我没看过的东西,还有……糖。

我忍不住悲从中来,哭得更大声了。

我没吃到糖,还被我的仇人抱着,真是奇耻大辱,我不能忍,拼命扭动挣扎,想逃。

靳初楼骈起两根手指。

他要点我穴道!这个变态,我一哭闹他就会点我穴道!爷爷还夸他一物降一物,完全不知道他在欺负我,呜呜呜,我要报仇!

但这回手指没有落在我身上,一只手握住了靳初楼的手指,这只手小小的,白白的,只有这只手才像是女人。"不能这样对小孩子哦……"

终于有人说句公道话了!

忽然,她往我嘴里塞了样东西,在脑袋明白过来之前,舌头已经先尝到了甜丝丝的味道。

啊,糖。甜甜的,香香的,在嘴里会化开的糖,怎么吮也吮不完的糖……

"哇!"

我哭得声嘶力竭。

"他太胖。我说过,他吃一颗糖,就要跑十圈,给他糖的人也是。"靳初楼解释。

对!这是什么规定?还有没有人性?整个问武院都没人敢给我一颗糖……而在那之前,明明是谁看到我都会摸摸我的头给我一颗糖的呀!呜呜,我的黄金时代,就是因为靳初楼一句"太胖就练不好剑招"而毁灭的！我绝对不会原谅他！

"哪里胖了？"岑未离说，"圆滚滚的多可爱啊！"

我再一次哭了，这回是感动的。终于，终于有人说出了实话。

"一颗糖十圈……小楼，你可真狠啊……我也要跑吗？"

呜呜，你当然要跑啊，你惨了，不过这不能怪我，谁让你嫁给靳初楼这个大坏蛋？活该！

"这是规定。"

靳初楼说着，忽然，用手捂住我的眼睛。

我的眼前一片漆黑，漆黑中好像有什么奇怪的动静。

很久很久，我听到岑未离带着笑意问："臭豆腐的味道怎么样？"

什么味道？靳初楼不吃那种东西的！还有我明明看到最后一块都被你吃了，哪里还有靳初楼吃的份？

"还不坏。"

靳初楼的声音听上去有点儿奇怪，和平常不太一样，低低沉沉的，好像受了风寒的样子。

难道着凉的是他，不是我？

我很想拉下他的手，可惜不是对手，挣扎了半天，只听岑未离道："那可以破例吗？"

"嗯。"

靳初楼从鼻子里发出低低软软的一声，声音又被吞没在别的响动里。

"你们在干什么？"

我什么都看不见，只有大叫。

四

这次我没有跑圈,岑未离也没有。

我想岑未离一定是有什么了不起的绝招,制住了靳初楼。

"你那天到底做了什么?"我每天都要缠着她问个七八十遍。

"独门秘籍概不外传哦。"她笑眯眯地说。

靳初楼好像越来越不喜欢我,只要看到我挨到岑未离身边,二话不说,直接拎起我往外扔。

我又不是球!

我很愤怒。

我迟早会报复的。

岑未离非常奇怪,别人天亮起床,她天亮了才睡,因此我知道每天下午之前是绝对不能去找岑未离的,绝对会被靳初楼像扔球那样扔出来,还要多跑十圈。

但八月初五是我生日,我很想喊岑未离去我家吃饭。

于是我偷偷爬上他们家边上的大树,树正对着窗子,应该可以看到岑未离,但等我爬上去一看,吓得差点儿从树上跌下来。

屋子里的是靳初楼。

他盘腿坐在书案后,正在翻看书信,岑未离睡在地上,头枕在他的膝上,身上搭着他的外衣,睡得正香。

地板清凉干净,我也很喜欢这样睡在地板上。

而且她睡着的样子,真像我家大咪呀。

大概是做梦了,她翻了个身,身上盖的衣裳被掀到了一边。

靳初楼停下来,替她盖上,我以为他会接着看信,但是没有,他长久地看着她,看了好久好久,久到我的腿都快坐麻了。

然后他低下头。

书案挡住，我不知道他在做什么，也许，是看信看累了打瞌睡？

但又不像。

正当我想伸长脖子看清楚点儿的时候，靳初楼忽地一拂袖，"啪"地一下，窗子关上。

被发现了！

我溜下树就跑，跑了一阵，怎么觉得怪怪的，好像一直在原地不动，一回头，吓死了，靳初楼就在我身后，手里的鞭子钩着我的腰带。

"一百圈。"

他冷冷地说。

"不要啊！"

我惨叫。

那是我所过的最悲惨的生日。

五

他们每个月上半月在扬风寨，下半月在问武院。每个月我都有一半的时间不用被靳初楼催着练剑，但也有一半的时间吃不到岑未离给的糖、听不到岑未离讲的故事。

岑未离最会讲故事了！比我娘讲的好听一百倍！有一回，她去平阴城里客串说书先生，讲的书目叫《问武院最年轻的夫子的一天》，我负责收钱，打赏的铜子足足装满了一笸箩，满堂都在叫好。

然而还没等我们把钱换成好吃的好玩的，靳初楼就来了，一手一个，把我俩拎回问武院。

但也只是拎回去而已，并没有罚跑圈。我想这一定是岑未离的独门秘籍又一次发挥了作用——反正只要跟着岑未离,无论做什么靳初楼都不会生气。

只有一件。

每当他们在问武院,我总要抱着枕头来找岑未离。

岑未离从来不会叫我快点儿睡,也不会说什么小孩子不早点儿睡长不高之类的话吓我,她会带我爬到房顶上看星星,跟我讲每颗星星的故事。

我会在她的声音里慢慢睡着,半夜醒来,往往会发现我已经被送回娘身边了。

一定是靳初楼干的!

我不能忍,我放声大哭,哭到整个问武院都鸡犬不宁。

然后我就会被爷爷亲手抱着送回岑未离身边。

那时候天往往是黑的,靳初楼的脸则往往比天还黑。

后来的后来,当我长大,我终于明白,原来我对靳初楼的报复,早已成功过了。

无比成功。

—完—

—两

意林精品图书推荐

《别来无恙,我的小初恋》
简介:销量超百万作家沈嘉柯暖心力作,陪你一起挥别青春,再出发。
定价:29.80元

《喜欢你这句话,我憋住了整个青春》
简介:数十篇青春伤感故事,带你领略成长、青春、爱恋的阴晴圆缺。
定价:29.80元

《遇见你,就是最对的时候》
简介:青罗扇子、周德东等作家用文字演绎纸上电影。时光远去,我们永远青春。
定价:29.80元

《我记得你说过的每句美好》
简介:独木舟、夏七夕、七微等名家用真挚的笔触探究青春的色彩。
定价:29.80元

多味之恋 系列

《这世间所有的纸短情长》
简介:织梦人张芸芸在深夜为你点一炉青莲之香,寻找渐渐远去的青春与年少。
定价:29.80元

《世界那么大,命中注定遇见你》
简介:每个人都会接触形形色色的人,又会和一些人聚聚散散,马叛说:这些相遇都是命中注定。
定价:29.80元

《我不怀念你,我只怀念你的往昔》
简介:继《左耳》之后深入骨髓的疼痛青春,每个人都可以在她的故事中找到最原始的自己。
定价:29.80元

《花与巡夜人》
简介:国内一本填色减压故事书,抚触你的心灵,洽愈现代人的都市病症。
定价:36.90元

深夜暖心 系列

《少年从不等风来》
简介:关于年轻人的追梦故事,他们用自己的特立独行,创造属于自己的天地。
定价:29.80元

《你的人生不需要别人点赞》
简介:大人物从这里起步,成就了丰盈的人生。数百篇故事告诉你成功者的秘密。
定价:29.80元

《逆光飞翔,微芒盛放》
简介:名人的磨难被原晒成坚强,带给你十八而志的青春励志的正能量。
定价:29.80元

《像明星一样去战斗》
简介:数十位明星的奋斗史。逆袭背后,都是平凡生活中的伟大梦想。
定价:29.80元

十八而志 系列

《脑洞君,请收下我的膝盖》
简介:理科的严谨与文科的情怀,二者你都能拥有。
定价:28.90元

《我心有猛虎,而你只要一枝蔷薇》
简介:量身为中学生打造的心灵读本!
定价:28.90元

《一生心事只得一人来解》
简介:与名家碰触思想上的火花,快乐成为阅读的领跑学霸。
定价:28.90元

《好男孩上天堂 坏男孩走四方》
简介:毕业于剑桥大学的才女陈叠邀您围观世界名校男神!
定价:29.80元

大阅读 系列

《把你所有的不安都交给我来暖》
讲给你听,117个同心灵拥抱的故事。
定价:29.80元

《所有人的坚强,都是柔软生的茧》
玻璃心的朋友们,看这里!讲给你,125个含泪奔跑的人生故事。
定价:29.80元

《生命中除了爱,其他都是行李》
讲给你听,召唤小确幸的111个故事。
定价:29.80元

《都道初心不可负,而初心是何物》
133个初心故事,既有明星大家,又有平凡人物,从故事里闪耀初心的光芒。
定价:29.80元

初心讲义 系列

意林精品图书推荐

《我的人生无须证明给你看》
简介：ONE·一个《读者》《意林》《花火》人气作者马飒2017年全新作品。
定价：32.8元

《那个神秘的宣愉小姐》
简介：青春、古风双料大神苏缠绵青春心理分析小说，初次尝试驾驭双重人格的人物设定，一场治愈并守护爱情的计划……
定价：32.8元

《这一杯，我敬的是年少无知》
简介：悬疑推理小说作家何慕，出道六年，写成都市情感类短篇小说集。
定价：32.8元

《光年未至，盛夏已满》
简介：意林彩绘英文系列精选《绘英语》杂志中深受读者欢迎的内容，让英语变强！
定价：29.80元

《我不愿让你一个人走过青春的荒芜》
简介：95后模特级作者谢宁远写给你最深情的告白书。十五篇故事，是告白，亦是陪伴。
定价：29.80元

《对方正在输入中》
简介：那些爱与被爱的故事。年少时的懵懂酸涩，成熟后的感人至深；是小头的一枚朱砂痣。
定价：29.80元

《你是年少的欢喜，喜欢的少年是你》
简介：古风天后吾玉，初涉现代爱情，打造都市轻风之作。
定价：29.80元

《从此晚安我自己》
简介：95后男神作者何家豪青春成人礼童话，将这16个故事，说给长成大人的你！
定价：29.80元

《我不成仙 一 断尘绝念》
简介：不想成仙却毅然修仙，她见愁只怕有朝一日亲口对那人说："纵你成仙，亦不可逃！"
定价：28.80元

《我不成仙 二 杀红小界》
简介：闯杀红小界，斗神秘三关。血衣作战袍，刻骨为利刃。她的通天坦途，便是他的穷途末路！
定价：28.80元

《风之守望者①》
简介：如何成为一个良好的被负责人？会做饭还会洗衣服就把最强黑服负责人拿下！
定价：24.80元

《风之守望者②》
简介：拯救学长大作战，开始！学长，我们要毁灭世界吗？
定价：24.80元

《符神传说①斩焰少年行》
简介：接通元灵符界，交易、对战、派单……现实与虚拟之间，体味什么叫酣畅淋漓！
定价：28.80元

《符神传说②东川起风云》
简介：逆转鬼敖岭，人蛊荒探迷城，跨越空间界限，酷玩符阵妙法、创造异度奇幻流行狂潮！
定价：28.80元

《禁域①墓地神婴》
简介：盖世皇者重现世间，只为触底反击，再创传奇！踏破乾坤纵横时空，禁域绝密即将揭晓！
定价：28.80元

《禁域②宗门斗者》
简介：扶桑谷内迷雾重重，神秘世界、时间长河、神秘女子……时空彼端，究竟有着怎样的秘密？
定价：28.80元